Frerich Fleßner

Mattes aus „Klein Kluntje-Siel"

Frerich Fleßner

Mattes aus „Klein Kluntje-Siel"

ISENSEE VERLAG
OLDENBURG

Bibliografische Information Der Deutschen Bibliothek

Die Deutsche Nationalbibliothek verzeichnet diese Publikation in der
Deutschen Nationalbibliografie; detaillierte bibliografische Daten
sind im Internet über <http://dnb.ddb.de> abrufbar.

ISBN 978-3-7308-1193-1

Meine Geschichten

An der Ostfriesischen Küste liegt dicht am Deich gelegen der unbekannte Ort „Klein Kluntje-Siel". Das Dorf liegt in der Nähe eines alten Deichsieles und besteht aus mehreren roten Backsteinhäusern, die im Kreis um eine kleine Kirche herum angeordnet sind. Schon von weitem kann man die roten Dachziegeldächer des Dorfes, auf dem flachen Land Ostfrieslands, erkennen. Die wenigen Feriengäste, die sich nach „Klein Kluntje-Siel" verirren, spotten immer: „Das Land ist so flach, dass die Ostfriesen morgens schon sehen können, wer abends zu Besuch kommt." In diesem abgeschiedenen Ort, am Fuße des Deiches von „Klein Kluntje-Siel", lebt auch Mattes Jacobs. Er ist ein sechsjähriger ostfriesischer Lausbub, mit blonden Haaren und blauen Augen. Mattes wohnt in einem Dreigenerationenhaus, welches es hier auf dem Lande noch oft gibt, mit seinen Eltern, seiner zwei Jahre jüngeren Schwester Geske und seiner Oma Eske.

Es ist ein stürmischer Frühlingstag in „Klein Kluntje-Siel" und es weht ein sehr starker Wind über das Land. Auf der einen Seite des Deiches biegen sich die Bäume nach dem Wind und verlieren schon ihre ersten Zweige. Auf der anderen Seite des Deiches peitscht der Wind das Meerwasser gegen den Deich. Hohe Wellen rollen mit Getöse dagegen und lassen das Wasser höher steigen als sonst. In dem Haus der Familie Jacobs kann man den Sturm draußen pfeifen und heulen hören. Es klingt unheimlich, wenn der Wind mit hoher Geschwindigkeit um die Hausecken und durch die Bäume bläst. Die große Trauerbirke im Garten lässt ihre langen Zweige über das Dach des Hauses schleifen und ein Ast des Ahornbaumes klopft an das kleine Küchenfenster, als ob er herein kommen wolle.

»Bei diesem Wetter jagt man keinen Hund vor die Tür«, stöhnt Oma Eske, als sich Mattes und Geske für den Kindergarten fertig machen sollen. »Hätte ich nur Tante Frieda nicht versprochen, um zehn Uhr zum Teetrinken zu kommen. Hier in der Stube ist es so mollig warm und nun muss ich in den kalten Sturm hinaus.« Mürrisch legt Oma Eske ihren Kopf in die Hände und sieht traurig aus dem Fenster hinaus in den vom Sturm geschüttelten Garten.

Die kleine Geske hat bei dem Wetter auch keine Lust, in den Kindergarten zu gehen und fragt ihre Mutter: »Mama? Darf ich heute bei dem schlechten Wetter nicht einmal fehlen? Ich gehe doch sonst immer gerne hin, aber heute....«

Weiter kommt Geske nicht, denn ihre Mutter lehnt dieses mit dem Kopf schüttelnd ab und sagt: »Ich muss heute Vormittag zur Arbeit und Oma geht zum Tee zu Tante Frieda, dann kann ich dich doch nicht alleine zu Hause lassen. Ich werde dir noch schnell deine Zöpfe flechten und dann werde ich euch warm anziehen. Ihr bekommt zu der winddichten Jacke noch einen dicken Schal um und die kuscheligen Pudelmützen, die Oma Eske euch gestrickt hat, werde ich euch auch noch aufsetzen.«

So eingemummt bringt die Mutter ihre Kinder zum Kindergarten. Mit einem festen Händedruck hält sie Geske und Mattes an den Händen fest und geht etwas vorgeneigt gegen den starken Wind an. Die heftigen Windböen bringen die leichten Kinderkörper oft aus dem Gleichgewicht, aber die Mutter hält sie mit einem kräftigen Händedruck fest. Der Sturm bläst Geske so tüchtig ins Gesicht, dass er ihr Tränen in die Augen treibt.

»Du musst doch wegen des schlechten Wetters nicht weinen, du alte Heulsuse«, lacht Mattes seine Schwester frech von der Seite an.

Geske hat das ewige Sticheln satt und sieht ihren Bruder mürrisch an: »Das macht der blöde Wind du Quälgeist, aber dafür hast du als Strafe vom Wind eine rote Nase bekommen!«

Mattes sieht schielend auf seine Nasenspitze und lacht: »Stimmt, Geske!«

»Lass das Mattes!«, schimpft Geske. »Ich mag das nicht sehen, wenn du schielst! Nachher bleiben deine Augen noch so stehen!«

Als sie gerade den Dorfplatz betreten, sehen sie auf der anderen Straßenseite den Briefträger, Herrn Buskohl. Er bringt mit seinem Fahrrad in „Klein Kluntje-Siel" die Post herum. Aber da wird ihm, als er gerade über den Dorfplatz fährt, bei einem kräftigen Windstoß die Postmütze vom Kopf gerissen und weggeweht. Er stellt sein Fahrrad schnell an eine Hauswand und rennt schimpfend hinter seiner Mütze her. Frau Jacobs und ihre Kinder müssen lachen, denn immer wenn der Briefträger die Postmütze greifen will, pustet der Wind sie wieder etwas weiter durch die Pfützen. So rollt die Mütze, für die Kinder lustig anzusehen, vor dem Briefträger her.

Mattes Mutter bedauert Herrn Buskohl und sagt: »Mattes! Hilf du dem armen Herrn Buskohl eben, seine Mütze wieder einzufangen. Zu zweit solltet ihr das wohl schaffen.«

Mattes rennt auch gleich los und kann die Mütze nach kurzer Treibjagd wieder festhalten. »Bitte, Herr Buskohl!«, sagt Mattes mit einem etwas frechen Grinsen im Gesicht. »Hier ist ihr Ausreißer! Leider ist die Postmütze etwas schmutzig und nass geworden, aber nicht kaputt. Da haben sie aber noch einmal Glück gehabt.«

Der Briefträger hat mit dem Schimpfen aufgehört und lächelt Mattes an: »Danke, kleiner Mann. Dieser Wind ärgert mich schon den ganzen Morgen. Mit der Mütze werde ich mir wohl etwas anderes überlegen müssen, Mattes, aber ohne eine Kopfbedeckung ist es mir zu kalt bei diesem stürmischen Wetter.«

»Vielleicht sollten sie ihre Mütze festbinden«, lacht Mattes und rennt zu seiner Mutter zurück. Alle winken Herrn Buskohl noch einmal zu, bevor sie ihren Weg zum Kindergarten „Lüttje Lüü", auf hochdeutsch „Kleine Leute", fortsetzen. Lüttje Lüü ist ein plattdeutscher Begriff und Plattdeutsch wird in Ostfriesland noch oft gesprochen.

Übrigens ist die Bezeichnung Kindergarten etwas übertrieben, denn es sind nur drei Räume, die zur Grundschule des Dorfes gehören. Diese Zusammenstellung und Betreuung von Kindergarten und Grundschule gibt es nur wegen einer Sonderregelung in „Klein Kluntje-Siel".

Das Schulgebäude steht quer zur Straße und hat in der Mitte eine große Eingangstür, durch die man in den großen Flur kommt. Auf der rechten Seite des Gebäudes ist die Grundschule „Klein Kluntje-Siel" und auf der linken Seite sind die drei Räume für die Kindergartenkinder „Lüttje Lüü". Damit die Kindergartenkinder wissen, in welchen Raum sie sollen, hat man den Räumen die Namen von Bewohnern der Nordsee gegeben. Auch ist jeweils ein buntes Bild des Meeresbewohners auf die Tür gemalt, da die Kindergartenkinder noch nicht lesen können. Der Bastelraum, in dem die Kindergartenkinder oft auch mit spitzen Gegenständen arbeiten, ist der Seeigel-Raum. Der Seeigel hat genau solche spitzen Stacheln, wie der Igel bei uns im Garten, nur in seiner Form sieht er wie eine Kugel aus. Etwa wie ein aufgerollter Igel bei Gefahr dem die kleine, spitze Nase fehlt. In diesem Raum sollen die Kinder immer vorsichtig sein. Um zu spielen, Geschichten zu hören und zu singen, gehen die Kinder in den Seestern-Raum. Da dieser Raum sehr vielseitig verwendet wird, hat man ihn nach dem Seestern benannt, denn dieser hat fünf Arme. Diese sind so um ihn herum angeordnet, dass er wie ein Stern aussieht. Der dritte Raum, in dem gegessen, gekocht und gebacken wird, ist der Seepferdchen-Raum. Seepferdchen sind kleine Lebewesen des Meeres, die fast alle Kinder durch ihre niedliche Art begeistern. Es sind Fische, die sich aufrecht im Wasser bewegen und dessen Kopf aussieht, wie der eines kleinen Pferdes.

Die zwei Lehrer der Schule, Frau Eilers und Herr Onnen, betreuen mit einigen Müttern des Dorfes die neun Kindergartenkinder. Da „Klein Kluntje-Siel" nicht viele Einwohner und somit auch wenige Kinder hat, werden die zwölf Grundschüler der ersten bis vierten Klasse in kleinen Gruppen oder zusammen, je nach Unterrichtsfach, von Frau Eilers oder Herrn Onnen unterrichtet. Neben den Kindergartenräumen hat das kleine alte Schulgebäude noch vier kleine Klassenräume, ein Lehrerzimmer und einen Kartenraum. In dem Kartenraum werden die Unterrichtsutensilien für die Schüler und Kindergartenkinder gelagert. Verbunden sind alle Räume durch einen langen Flur.

Als alle Kinder um acht Uhr mit einem gerötetem Gesicht vom rauem Wetter im Kindergarten ankommen, begrüßt sie der Lehrer Herr Onnen und fragt: »Seid ihr auch alle ohne Sturmschaden angekommen?«

Die Kinder machen ein fragendes Gesicht. »Wieso Sturmschaden?«, fragt Tomke, ein kleines Mädchen aus der Kindergartengruppe verwundert.

»Ja«, sagt Herr Onnen nachdenklich, »bei dem Wind kann doch einiges passieren. Es könnten Zweige von den Bäumen abbrechen oder Dachziegel von den Dächern auf die Straße herunter fallen.«

»Oder dem Briefträger weht die Postmütze weg!«, ruft Mattes dem Lehrer in seinen Satz hinein. »Das haben wir heute schon gesehen!«

»Ja, so etwas soll auch passieren und wenn der Wind noch stärker zum Sturm wird, dann kann es sogar zu einer Sturmflut bei uns kommen!«

»Aber dagegen haben wir doch unseren Deich der uns beschützen soll«, bemerkt Mattes und sieht seinen Lehrer fragend an.

»Das ist doch nur ein hoher Grashaufen, auf dem die Schafe weiden!«, ruft Jelto plötzlich dazwischen.

Die Kinder fangen an zu lachen.

»So ist das nicht!«, meldet sich Herr Onnen dazwischen. »Wer von euch kennt denn den Aufbau und die Aufgabe eines Deiches?«

Alle Kinder rufen gleichzeitig viele richtige und falsche Begriffe in den Raum.

»Moment!«, ruft Herr Onnen laut dazwischen. »So kommen wir nicht weiter! Wir werden uns das gemeinsam und in Ruhe erarbeiten. Wir setzen uns alle an den großen Tisch in den Seestern-Raum und wollen einmal sehen, ob wir gemeinsam eine Lösung finden.«

Alle Kinder ziehen ihre Jacken und Schuhe aus und gehen dann in den Seestern-Raum, wo sie sich an den großen Tisch setzen.

Als Ruhe am Tisch eingetreten ist, fragt Herr Onnen in die Runde: »Warum haben wir unseren Deich?«

Jelto meldet sich und ruft: »Damit die Schafe genug Gras zu fressen haben!«

»Nein«, sagt Herr Onnen mit ruhiger Stimme, »dafür hätte man keine Deiche bauen müssen. Die Schafe können auch auf der flachen Weide ihr Gras fressen.«

Nun meldet sich Edda, die Schwester von Jelto: »Wir haben die Deiche, damit das Wasser bei Flut nicht in unser Dorf läuft. Er schützt uns vor dem Wasser der Nordsee.«

»Richtig!«, sagt Herr Onnen. »Wenn wir die Deiche nicht hätten, würde das Meer zweimal am Tag unsere Straßen und Häuser überfluten. Da das Land bis zu zwei Meter tiefer liegt, als das Meer bei einer Flut steigt, würde das Wasser immer in unser Dorf laufen. Wir haben hier an der ostfriesischen Küste die Gezeiten der Nordsee und keinen gleichbleibenden Wasserstand des Meeres. Etwa alle sechs Stunden haben wir im Wechsel Ebbe und Flut. Bei Ebbe ist das Wasser weg und bei Flut ist es wieder da. Das ist vom Mond abhängig.«

In diesem Moment ruft Mattes dazwischen: »Mein Opa Klaas sagt aber etwas ganz anderes, Herr Onnen!«

»Ja Mattes? Was sagt denn dein Opa?«, fragt der Lehrer mit gerunzelter Stirn und zusammen gekniffenen Augen.

»Das Wasser kommt immer den Deich hoch um zu sehen, ob die Ostfriesen noch da sind. Wenn es dann erschrocken die ersten Ostfriesen sieht, zieht es sich schnell wieder aufs offene Meer zurück.«

»Das ist ein Ostfriesenwitz!«, sagt der Lehrer. »Das glaubst du doch nicht Mattes, oder?«

Alle Kinder und der Lehrer müssen lachen. »Ich glaube, dein Opa ist ein Witzbold«, sagt Herr Onnen und schüttelt mit dem Kopf.

»Ja!«, sagt Mattes. »Bei meinem Opa ist es immer lustig und darum weiß ich nie, ob er es ernst meint oder ob es ein Witz sein soll. Er erzählt das immer so überzeugend.«

Herr Onnen grinst immer noch und fragt Mattes: »Woraus besteht der Deich denn?«

»Aus einem langen Haufen von Dreck, den man mit Gras abgedeckt hat!«, antwortet Mattes etwas hitzig, weil man ihn ausgelacht hat.

»Ich wollte nicht wissen, was dein Opa Klaas gesagt hätte, sondern was du meinst, Mattes!«

»Ich glaube«, sagt Mattes etwas zögerlich, »unter dem Gras ist die Erde und zum Wasser hin kann man viele Steine sehen.«

»Richtig!«, antwortet Herr Onnen. »Der Deich ist aus Erde und Lehm aufgeschüttet worden. Diese Erde, die man auch Klei nennt und den Lehm, hat man früher mit Schubkarren und Pferdewagen mühselig hier her transportiert und aufgeschüttet. Da gab es noch keine Bagger und Lastkraftwagen, alles wurde von Hand gemacht. Was könnt ihr denn erkennen, wenn ihr oben auf dem Deich steht?«

Mattes meldet sich ganz schnell und wild mit der Hand winkend.

»Ja Mattes, was kannst du denn von da oben erkennen?«

»Dass Tammo beim Pastor Müller die Äpfel klaut!«

Tammo schreit sofort zurück: »Das stimmt nicht!« und will aufspringen, um Mattes zu schnappen. Aber da ist Herr Onnen schon dazwischen gesprungen, um die zwei Streithähne auseinander zu halten.

»Ich wollte nicht wissen, wen du siehst Mattes, sondern was dir an der Deichform auffällt!«

»Tammo, kannst du mir sagen was du siehst?«

Tammo muss sich erst wieder beruhigen und antwortet immer noch im direkten Augenkontakt mit Mattes: »Der Deich ist zum Dorf hin steil und zum Meer hin flach gebaut worden.«

»Genau so ist es!«, sagt Herr Onnen. »Der Deich soll uns vor dem Meer schützen und damit die Wellen den Deich nicht beschädigen, ist er hier flach gebaut worden. Zusätzlich wurden hier viele Steine abgelegt, welche die Wellen brechen sollen, damit sie ihre Kraft verlieren. Der ganze Deich ist zusätzlich mit Gras bepflanzt. Die Wurzeln des Grases halten nun die Erde fest, damit sie nicht vom Wasser oder Regen weggeschwemmt wird. Die Wellen müssen nun durch die Steine den Deich hinauf rollen und verlieren so ihre Kraft, ohne den Deich zu beschädigen.«

Herr Onnen sieht in die Gesichter der gespannt zuhörenden Kinder und fragt: »Könnt ihr euch das bildlich vorstellen?«

»Ja!«, rufen die Kinder und Mattes bemerkt noch: »Gesehen haben wir das schon oft, Herr Onnen, nur nicht darüber nachgedacht.«

Herr Onnen muss lachen und sagt: » Wir sehen in unserem Leben viel, aber denken leider selten darüber nach. So ist es aber leider auch mit den Erwachsenen. Nun zu dir, Jelto! Welche Aufgabe haben deine Schafe denn jetzt auf dem Deich?«

Jelto sieht ganz verlegen auf den Tisch und sagt nichts. Der Lehrer tritt an Jelto heran und sagt: »Sollen wir Mattes einmal fragen, was sein Opa Klaas dazu sagen würde?«

Die Kinder fangen an zu lachen und auch Jelto kann sich das Grinsen nicht verkneifen.

»Na, Mattes? Was würde dein Opa denn zu den Schafen sagen?«

Da Mattes genauso ein Witzbold ist wie sein Opa, fällt ihm auch gleich eine passende Antwort ein: »Mein Opa Klaas würde sagen, das sind leise, vierbeinige Rasenmäher im dicken Pullover, die den Rasen kurz halten und auch gleich düngen.«

»Ja!«, sagt der Lehrer lachend. »Aber das ist nicht ihre einzige Arbeit, die sie machen, denn wenn die Schafe über den Deich laufen und rennen, treten sie mit ihren Füßen den Deichboden fest. Auch die Löcher der Wühlmäuse und Maulwürfe werden von den Schafen wieder zugetreten. So hat der Deich immer eine feste Oberfläche und ist vor allen Witterungseinflüssen geschützt.«

Da meldet sich der kleine Enno und ruft in die Klasse: »Herr Onnen! Herr Onnen! Können wir nicht auch einmal einen Deich bauen?«

Alle Kinder sind begeistert von Ennos Vorschlag und rufen: »Ja, Herr Onnen, bitte! Wir wollen auch einen Deich bauen!«

»Aber wie sollen wir das machen, Kinder?«, fragt Herr Onnen etwas überrascht von der Frage. »Wir können doch nicht ....?«

Aber da hat Herr Onnen eine Idee: »Mir fällt da gerade etwas ein! Wir werden es im Seeigel-Raum, in unserem Bastelraum, versuchen. Ihr müsst aber alle tüchtig mithelfen, denn es wird nicht einfach werden!«

»Ja!«, rufen die Kinder begeistert und sind schon ganz unruhig. »Wir bauen uns unseren eigenen Deich!«

»Wir werden uns die Arbeit teilen«, sagt Herr Onnen. »Die Jungen ziehen sich nun warm an und holen fünf Eimer voll Klei vom Acker neben dem Schulhof. Die Mädchen und ich werden in der Zeit eine große Folie und Holzstücke für unseren Deichbau besorgen.«

Das lassen sich die Jungen nicht zweimal sagen und schlüpfen so schnell wie noch nie in ihre Schuhe und Jacken, setzen ihre Mützen auf und rennen los.

»Stopp!«, ruft Herr Onnen den Jungen laut hinterher. »Ihr verlasst aber nicht das Schulgelände und die Eimer und eine Schaufel könnt ihr euch aus dem Kartenraum holen! Passt bei dem Wetter aber gut auf, dass euch nichts passiert!«

»Ja!«, rufen die Jungen noch und schon knallt die große Eingangstür laut zu und die Gruppe ist verschwunden.

»Nun müssen wir noch auf Ennos Mama warten. Wenn Frau Janßen da ist, dann gehe ich schnell die Folie und etwas Holz holen«, sagt Herr Onnen zu den Mädchen und sieht auf die Uhr neben der Tür.

Frau Janßen, Ennos Mama, ist heute zur Unterstützung des Lehrers für die Betreuung der Kindergartenkinder eingeteilt und müsste jeden Augenblick kommen. Da klopft es auch schon an der Tür, und Frau Janßen tritt mit einem lauten: »Moin!«, in den Seeigel-Raum. Mit dem Wort „Moin" begrüßen sich die Ostfriesen den ganzen Tag. Ob es nun Morgen, Mittag oder Abend ist, der Ostfriese sagt immer „Moin" zur Begrüßung. „Moi" bedeutet bei den Ostfriesen schön oder gut und „Moin" ist hier die Kurzform für „Schönen Tag".

»Wo habt ihr denn die Jungen gelassen?«, fragt Frau Janßen ganz erstaunt und schaut suchend in die Runde. »Haben sich die Lausebengel versteckt?«

»Die haben wir Klei holen geschickt«, sagt Herr Onnen und erklärt Frau Janßen, was er mit den Kindern heute machen möchte.

Frau Janßen ist von der Aufgabe etwas überrascht und sagt: »Dann werde ich mit den Mädchen die Form eines Deiches an die Wandtafel malen und Sie können die Folie und das Holz besorgen.«

Herr Onnen fährt bei dem Wetter mit starkem Rückenwind auf dem Fahrrad schnell nach Hause und sucht in der Garage das erforderliche Material zusammen. Auf dem Rückweg hat er die Folie unter den Arm geklemmt und das Holz quer über den Gepäckträger gelegt. Mit den Utensilien für den Deichbau beladen, hat er nun aber große Mühe, sich mit dem Fahrrad gegen den starken Wind, der sich schon fast zu einem Sturm entwickelt hat, zu fahren. Immer wieder drücken ihn die Sturmböen an den Rand des Fahrradweges und er muss kräftig gegenlenken

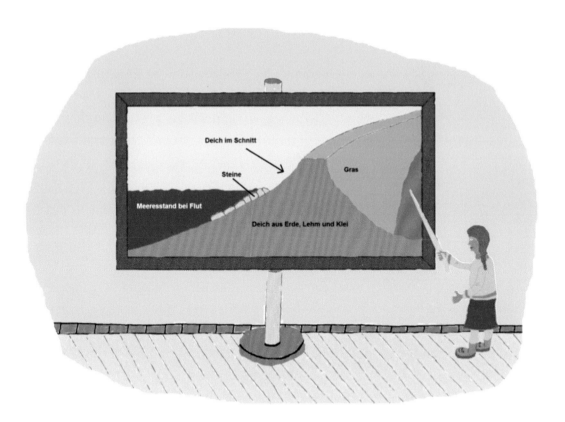

und in die Pedalen treten. Nach großer Anstrengung kommt der Lehrer dann aber abgekämpft wieder in dem Kindergarten an.

Frau Janßen empfängt ihn dann auch gleich etwas schadenfroh mit den Worten: »Sie sehen aber ganz schön durchgepustet aus, Herr Onnen! Haben wir draußen schlechtes Wetter?«

Herr Onnen findet das nicht lustig, aber die Mädchen können ihr Gelächter nicht unterdrücken, denn die Haare von Herrn Onnen stehen kreuz und quer vom rotgefärbten Kopf ab.

»Wo sind denn die Jungen? Sind die immer noch nicht wieder da?«, fragt der Lehrer immer noch ganz außer Atem.

»Nein!«, sagt Frau Janßen. »Von denen habe ich noch nichts wieder gehört und gesehen.«

»Dann werde ich einmal nachsehen, wo die Bande wohl steckt«, sagt Herr Onnen und will zur Tür gehen.

Aber da knarrt auch schon die große, schwere Eingangstür und Enno kommt als erster herein. Frau Janßen sieht ihren Sohn und schreit laut auf: »Wie siehst du denn aus, Enno?«

Enno erschrickt und betrachtet sich erst einmal von oben bis unten. Auch die anderen Jungen mustern sich nun gegenseitig. Die Mädchen fangen lauthals an zu lachen und rufen wie auf ein Kommando: »Unsere Schweinchen sind wieder da!«

Die Hände der Jungen und ihre Schuhe sind starr vor Schmutz. Enno hat den Klei sogar im Gesicht. Frau Janßen ist ganz aufgeregt und ruft: »Ihr zieht sofort eure Schuhe aus! Und geht jetzt gründlich eure Hände waschen! Und du, Enno, auch dein Gesicht!«

»Ich, ich habe doch gar keine Schuld«, stammelt Enno mit rotem Kopf. »Als ich über den Acker lief, war der Klei so anhänglich, dass ich immer größer wurde. Er blieb einfach frech an meinen Schuhen kleben und als die Nase juckte, blieb er auch da hängen.«

Herr Onnen muss lachen und sagt: »So sahen die armen Arbeiter, die unseren Deich gebaut haben, auch aus. Nun wascht euch schnell und putzt eure Schuhe.«

In der Zeit, in der die Jungen sich wieder herrichten, bauen Herr Onnen, Frau Janßen und die Mädchen im Seeigel-Raum auf dem großen Basteltisch das Holz zu einem großen, etwa zwanzig Zentimeter hohen U auf und legen dann die Folie darüber.

Als die Jungen nun mit ihren Eimern voll Erde wiederkommen, erklärt Herr Onnen allen, was sie nun machen werden: »Die Mädchen haben uns die Form des Deiches, wie wir besprochen haben, an die Wandtafel gezeichnet. Lasst uns nun aus dem Klei, den die Jungs geholt haben, einen Deich in die Öffnung von dem großen U bauen. Der Deich soll die vorgegebene Form haben und genauso hoch werden, wie die U-Form aus Holz. Wenn wir damit fertig sind, werden wir das entstandene Becken mit Wasser füllen. Wir wollen doch testen, ob der Deich auch hält. Doch bevor wir anfangen, zieht ihr eure alten Hemden vom Malen an, damit eure Kleidung nicht verschmutzt und Frau Janßen wieder mit uns schimpft.«

Die Mädchen schauen Herrn Onnen und Frau Janßen entgeistert an.

»Was habt ihr?«, will Herr Onnen wissen. »Habt ihr etwas nicht verstanden?«

Geske äußert sich als erste: »Doch, Herr Onnen! Aber…, aber womit sollen wir den schmutzigen Klei denn auf den Tisch packen und zu einem Deich formen?«

Herr Onnen und Frau Janßen fangen an zu lachen und rufen wie aus einem Mund: »Mit den Händen natürlich!«

Die Jungen greifen sofort beherzt zu. Nur der kleine Enno, der erst verlegen zu seiner Mutter schaut, und die Mädchen zögern noch. Aber dann beginnt der

Deichbau mit vereinten Kräften. Die lehmige Erde wird mit den Händen aus den Eimern geholt und auf den Tisch gelegt. Beim Zugreifen in den Eimer quillt der Klei durch die Finger der Kinder hindurch. Den Jungen macht es richtig Spaß, die matschige Masse kräftig zu drücken, aber die Mädchen finden es nicht angenehm. Auf dem Tisch wird der Klei nun geknetet, geklopft und geformt, um die gewünschte Deichform zu erhalten. Als der Deich fertig ist und der vorgegebenen Form und Höhe entspricht, wird er von Herrn Onnen geprüft. Er betrachtet das Ergebnis von allen Seiten und sagt: »Der Deich ist wie von Fachleuten gebaut. Sehr gut habt ihr das hinbekommen. Ich werde nun das Wasser holen und euren Deich testen, ob er auch wasserdicht ist.«

Herr Onnen holt einige mit Wasser gefüllte Eimer und kippt diese langsam nach und nach in das erbaute Projekt. Der Wasserstand steigt langsam an und kein Tropfen leckt irgendwo durch.

»Hurra!«, rufen die Kinder laut und jubeln vor Freude. »Unser Deich hält! Er hält!«

Alle sind stolz und betrachten ihre Arbeit. »Nun lasst uns unsere schmutzigen Hände vorsichtig in unserem eigenen Meer waschen«, sagt Ennos Mutter.

Auch die dabei entstehenden Wellen können dem Deich nichts anhaben und alle Kinder und auch Herr Onnen sind glücklich. Mit solch einem Erfolg hat auch Herr Onnen nicht gerechnet.

»Liebe Kinder«, beginnt der Lehrer mit einem strahlenden Gesicht. Doch plötzlich wird sein Gesicht ernst und er schreit: »Mattes! Nein!«

Doch da hat Mattes seine Tat bereits begangen. Mit der Hand hat er ein Loch in den Deich geschlagen und somit beginnt die Katastrophe. Das Wasser fließt durch das Loch und reißt den Klei mit sich. Das Loch wird dadurch immer größer und das Wasser wird zu Schlamm. Diese Masse, eine ekelige braune Brühe, läuft über die Tischkante hinweg auf den Fußboden und verteilt sich im ganzen Raum.

Frau Janßen hält sich die Hände über den Kopf und ruft ganz laut: »Was für eine Sauerei! Mattes, was hast du dir dabei gedacht!«

Auch die anderen Kinder schreien jetzt wild durcheinander, denn sie stehen mit den Füßen in dem Schlamm und wissen nicht, wo sie hintreten sollen.

»Ich«, stammelt Mattes, »ich wollte euch doch nur zeigen, wie es ist, wenn eine schwere Sturmflut den Deich beschädigt und das Meer in unser „Klein Kluntje-Siel" fließt.«

Mattes beginnt leise zu weinen, denn die Katastrophe fällt grösser aus, als er vermutet hatte. Herr Onnen geht zu Mattes, nimmt ihn in den Arm und tröstet ihn: »Meine Idee mit dem Deichbau war schon toll, aber eine Naturkatastrophe wie die Sturmflut, hätte ich nicht besser darstellen können. Du hast uns allen im Kleinen gezeigt, was passiert, wenn unser großer Deich wirklich einmal ein Loch bekommen sollte.«

Frau Janßen findet es schon schön, dass der Lehrer Mattes tröstet, aber zum Lachen ist ihr nicht zumute: »Bis wir heute Mittag nach Hause gehen, müssen wir den ganzen Schweinkram wieder beseitigen. Damit können wir Frau Betten, unsere Reinigungskraft, nicht alleine lassen.«

»Warum sollen wir das putzen?«, ruft Jelto. »Mattes hat doch den Schweinkram gemacht und nicht wir!«

Nun setzt sich auch Frau Janßen für Mattes ein: »Wir sind eine Gruppe und die arbeitet immer zusammen. Den Deich haben wir zusammen mit viel Spaß aufgebaut und werden ihn nun auch zusammen wieder entsorgen. Schon damals haben sich viele Leute zusammen getan und unseren großen Deich gebaut und gepflegt. Hätte die Gruppe sich nicht gefunden, dann könnten wir hier heute in „Klein Kluntje-Siel" nicht leben.«

Ohne zu murren packen nun alle mit an und holen Eimer, Schaufeln, Wischbesen und Müllsäcke. Nach einer Stunde Putzen sieht der Seeigel-Raum wieder aus, als ob nichts geschehen wäre. Herr Onnen und Frau Janßen atmen auf: »Das haben wir noch gerade bis zum Feierabend geschafft.« Um zwölf Uhr kommen nämlich die Eltern, um ihre Kinder vom Kindergarten abzuholen.

»Moin, Frauke!«, begrüßt Frau Janßen die Mutter von Mattes und Geske. »Ich wollte, du wärst heute hier gewesen!«

»Ist denn etwas passiert?«, will Mattes Mutter erschrocken wissen und sieht Herrn Onnen fragend an.

»Nein!«, sagt Herr Onnen. »Es ist nichts passiert mit Mattes oder dem Rest der Rasselbande. Heute hatten wir wieder viel Spaß. Wir haben auf interessante Art und Weise sehr anschaulich unseren Deich und eine Sturmflut kennengelernt.«

Alle Kinder lachen laut auf. Nur die Eltern sehen sich verblüfft an und wissen nicht, warum die Kinder so lachen.

»Den heutigen Vormittag lasst euch nachher bitte von euren Kindern erzählen, dann werdet ihr auch was zu lachen haben.«, sagt Frau Janßen zu den Eltern.

»Kommt bei dem Sturm gut nach Hause«, verabschiedet sich Herr Onnen. »Tschüs! Bis Montag!«

»Tschüs!«, rufen noch alle und machen sich dann bei dem ungemütlichen Wetter auf den Heimweg.

Als Mattes mit Geske und seiner Mutter unten am Deich entlang geht, fragt er:

»Mama? Können wir nicht eben nach oben auf den Deich gehen? Ich möchte gerne sehen, wie hoch das Wasser schon ist.«

Auch die Mutter will gerne nach dem Wasserstand sehen, denn im Radio hatte man eine Sturmflutwarnung durchgegeben. Der Wasserstand sollte etwa 1,5 bis 2 Meter höher werden, als der normale Wasserstand bei einer Flut. Mattes Mutter ergreift die Hände ihrer Kinder und sagt: »Dann lasst uns einmal nachsehen.«

Oben auf dem Deich angekommen, wird der Wind noch stärker und bläst ihnen kräftig ins Gesicht. Mattes und auch Geskes Handgriff werden stärker, denn sie haben Angst, wegzuwehen. Der Sturm treibt das Meerwasser mit hohen Wellen gegen den Deich. Das Wasser spritzt so tüchtig, dass man den Salzgehalt des Meeres auf den Lippen schmecken kann.

»Bah!«, sagt Geske und schüttelt mit einem verzogenem Gesicht den Kopf. »Das schmeckt nach Salz! Pfui!«

Ihre Mutter muss lachen und sagt: »So ist das mit unserer Nordsee, Geske, das ist kein Süßwassersee! Aber der Salzgehalt in der Luft ist gesund. Viele Kinder und Erwachsene mit Atemwegserkrankungen machen deswegen bei uns Urlaub oder eine Kur. Nun haben wir genug gesunde Luft geschnuppert, Kinder, und der Wasserstand ist noch nicht so hoch, dass der Deich brechen könnte. Lasst uns jetzt nach Hause gehen.«

Nun bekommt Geske Angst und zieht an der Hand ihrer Mutter, um schnell weiter zu gehen.

»Was ist mit dir, Geske? Hast du Angst?«, fragt ihre Mutter besorgt.

»Ja!«, ruft Geske gegen den lauten Wind an. »Gleich läuft der ganze Schlamm der Nordsee in unser Dorf! Ich will jetzt schnell nach Hause!«

Die Mutter sieht sie fragend an: »Wir haben doch unseren Deich und der beschützt uns davor.«

»Ja, aber nur wenn Mattes keinen Unsinn macht!«, ruft Geske und hat es nun noch eiliger. Kräftig zieht sie wieder an der Hand ihrer Mutter. »Komm bitte mit, Mama.«

Mattes sieht seine Mutter verlegen an: »Das erzähle ich dir gleich, wenn wir wieder im Haus sind.«

Gegen den Sturm ankämpfend gehen sie nun weiter. Durchgeblasen vom Sturm und nass vom Meerwasser kommen alle drei durch die Haustür. Oma Eske ist inzwischen auch schon von Tante Frieda zurück und empfängt die Familie mit den Worten: »Was für ein Wetter, man sollte den ganzen Tag im Bett liegen bleiben.«

»Das gibt es nicht«, sagt Mattes Mutter, » jetzt wird zuerst gegessen und Mattes will uns etwas erzählen.«

»Wer geht wählen?«, fragt Oma Eske.

»Niemand geht wählen, Oma! Du solltest dein Hörgerät benutzen!«, sagt Mattes Mutter. Immer wenn Oma Eske ihr Hörgerät nicht im Ohr hat oder vergessen hat, es einzuschalten, versteht sie alles falsch und man muss lauter mit ihr reden.

Nach dem Essen legt Oma Eske sich ins Bett, um ihr tägliches Mittagsschläfchen zu halten und Mattes erzählt seiner Mutter, was im Kindergarten gemacht wurde. Auch sein Missgeschick mit dem Deichbruch muss er auf Drängen von Geske ausführlich erzählen.

»Ich glaube, Herr Onnen ist froh, dass er endlich Wochenende hat und sich von deinen ewigen Streichen erholen kann«, sagt seine Mutter. »Das hast du alles von deinem Opa Klaas, denn der hat auch immer nur Unsinn im Kopf. Da wir gerade von Opa sprechen, Kinder, Oma Wiebke und Opa Klaas wollen morgen zum Teetrinken kommen. Es wäre schön, wenn ihr beide gleich noch mit Oma Eske einen Kuchen backen könntet.«

»Ja!«, rufen die Kinder begeistert, denn wenn Opa kommt, gibt es immer etwas zu lachen. Und Kuchenbacken mit Oma Eske ist auch immer toll, denn dann darf mitgeholfen und genascht werden.

Oma Wiebke und Opa Klaas wohnen in der Hafenstadt Emden, die an der Emsmündung liegt. Die Ems ist ein Fluss, der bei Emden in den Dollart fließt. In diesem Hafen von Emden und auch in der Stadt gibt es viele Industriebetriebe, in die viele Menschen aus ganz Ostfriesland zur Arbeit gehen. Auch Mattes und Geskes Vater arbeitet in Emden auf einer Werft, auf der Schiffe gebaut und repariert werden. Jeden Morgen fährt er mit dem Auto von „Klein Kluntje-Siel" nach Emden zur Arbeit und abends wieder zurück. Die Kinder freuen sich schon, wenn der Vater heute um vier Uhr nach Hause kommt und endlich Wochenende hat. An den Wochenenden ist die Familie immer zusammen und es werden viele schöne und lustige Dinge unternommen.

»Geske!«, ruft die Mutter. »Gehst du bitte Oma wecken?«

»Ja Mama!«

Leise geht Geske die Treppe hoch in Omas Schlafzimmer, nimmt den Zipfel von Omas Taschentuch und streicht ihn ihr langsam unter der Nase hin und her. Leise sagt sie: »Oma aufstehen. Wir wollen Tee trinken.«

Oma Eske wischt sich mit dem Finger unter die Nase, weil sie meint, dass dort eine Fliege sitzt und schläft weiter. Geske muss leise lachen und macht das gleiche Spiel noch einmal. Nun wacht ihre Oma auf und lacht Geske an: »Ist der Tee fertig, mein Mädchen? Ich komme gleich.«

Tee wird in Ostfriesland viel getrunken und dafür gibt es sogar eine richtige Zeremonie. So ist es auch bei der Familie Jacobs. Mattes und Geske decken den Tisch und ihre Mutter macht den Ostfriesentee. Die Kinder stellen das ostfriesische Teeservice, für jeden eine Teetasse mit Untersetzer und einem Teelöffel auf den Tisch. Dazu kommt ein Topf mit Kandis und einer Kandiszange. Kandis sind dicke, unterschiedlich große Zuckerstücke, die aus einer Zuckerlösung hergestellt werden. Mitten auf den Tisch kommt das Teestövchen, ein Gestell aus Messing *(oder Porzellan)*, auf das die Teekanne gestellt wird. In dem Teestövchen ist ein Teelicht, eine kleine Kerze, die den Teetopf warm hält. Nun fehlt noch das Kännchen Teesahne mit einem Sahnelöffel und das Teesieb. Das Teesieb verhindert, dass die Teeblätter beim Einschenken in die Teetasse kommen.

»Mama! Der Tisch ist gedeckt und Oma ist auch schon da! Wir können Tee trinken!«, ruft die kleine Geske laut durchs Haus.

»Ja, ich komme!«, ruft ihre Mutter aus der Küche zurück und kommt mit dem Tee in die Stube. Sie stellt die Teekanne auf das Stövchen, damit der Tee noch etwas ziehen kann.

»Geske, du kannst den Kandis schon in die Tassen tun.«

Geske nimmt die Kandiszange und greift damit die Kandisstücke. Vorsichtig legt sie in jede Tasse ein Stück, nur Oma bekommt zwei, denn sie mag es gerne etwas süßer. Die Mutter nimmt die Kanne und schenkt in jede Tasse durch das Teesieb den Tee ein. Wenn das heiße Getränk nun auf den Kandis trifft, hören die Kinder immer gespannt hin, denn man kann ein leises Knistern hören, wenn der Kandis im heißen Tee zerspringt. Zu guter Letzt nimmt die Mutter den Sahnelöffel und gibt etwas Sahne in den Tee. Dieses wird ganz langsam gemacht, damit sich auf dem Tee eine Blume oder ein Wölkchen bildet. Die Teesahne schwimmt nun oben auf dem Tee und jeder erkennt, je nach Fantasie, verschiedene Formen.

»Na, was hast du denn heute bekommen?«, fragt Mattes seine Oma.

»Ich habe nichts bekommen, ich habe doch keinen Geburtstag«, sagt die Oma.

Alle müssen lachen. Nun sagt Mattes etwas lauter, damit Oma Eske ihn richtig versteht: »Ich habe kein Geschenk gemeint Oma, sondern die Form deiner Sahne im Tee.«

Oma Eske muss grinsen: »Ich habe eine schöne kleine weiße Wolke bekommen, es könnte aber auch ein Schaf sein.«

»Warum ist Papa noch nicht da?«, fragt Geske ihre Mutter.

»Papa muss heute wieder etwas länger arbeiten. Er kommt später, aber dafür hat er dann Wochenende.«

»Wollen wir heute nicht noch einen Kuchen backen?«, fragt Mattes.

»Wer hat es mit dem Nacken?«, ruft die Oma dazwischen. »Dann müsst ihr einen Quarkwickel machen, das hilft immer. Das hat meine Mutter früher schon so gemacht!«

»Oma! Schalte jetzt endlich dein Hörgerät ein! Wir wollen einen Kuchen für morgen backen!«, sagt die Mutter etwas lauter. »Opa Klaas und Oma Wiebke kommen morgen zum Tee.«

»Was für einen Kuchen wollen wir denn backen?«, fragt Oma Eske und beantwortet sich die Frage auch schon selber. »Ich möchte wohl einen Apfelkuchen vom Blech mit Schlagsahne.«

»Ja, den mag ich auch gerne!«, rufen beide Kinder wie aus einem Munde.

»Also backen wir einen Blechapfelkuchen. Die Zutaten habe ich alle im Haus«, sagt die Mutter. »Wer will denn was machen?«

»Ich und Oma wollen den Teig machen!«, ruft Geske ihrer Mutter schnell zu.

»Ja, dann macht ihr den Teig und Mattes und ich schälen die Äpfel.«

Geske, Mattes und ihre Mutter gehen nach dem Teetrinken mit einem Korb in den Keller und suchen alle Zutaten für ihren Apfelkuchen zusammen. Nun geht es zurück in die Küche und das Kuchenbacken kann beginnen. Oma Eske und Geske nehmen sich Butter, Zucker, Mehl, Eier und noch einige andere Zutaten und beginnen, diese nach einem alten Hausrezept miteinander zu vermengen. Mattes und seine Mutter schnappen sich ein Messer und schälen und schneiden die Äpfel für den Kuchen in Scheiben. »Mattes, schneide dir bitte nicht in die Finger! Pass gut auf!«

»Aber Mama! Du kennst mich doch!«, lacht Mattes seine Mutter an.

»Ja, Mattes, genau darum!«

Da meldet sich Oma Eske zu Wort: »Wenn wir bei der Arbeit ein Lied singen, macht alles viel mehr Spaß. Last uns doch das Lied „Wir sind Ostfriesenkinder" singen.«

Dieses Lied ist eine alte Volksweise und die Nationalhymne der Ostfriesen. Es wird auf allen Festlichkeiten, wo Ostfriesen sich treffen, angestimmt. Auch die Kindergartenkinder haben dieses Lied bereits bei Frau Eilers gelernt. Alle sind von diesem Vorschlag begeistert und fangen auch gleich an zu singen:

Wir sind Ostfriesenkinder
und haben frohen Mut.
Wir wohnen an den Deichen,
wo Ebbe ist und Flut.
Wir lieben keinen Bubikopf
und keinen Lippenstift;
das ist nichts für Ostfriesen,
ach nein, ach nein, ach nein.
Goldblondes Haar und treublaue Augen,
so soll mein Mädel sein, ostfriesischer Maid.

Kam einst ein fremder Jüngling
wohl an des Meeres Strand,
der wollte gleich behaupten,
hier sei das schönste Land.
Hier möcht´ ich ewig leben,
hier möcht´ ich ewig sein,
dort, wo die weißen Möwen zieh´n,
ach nein, ach nein, ach nein.
Goldblondes Haar und treublaue Augen,
so soll mein Mädel sein, ostfriesischer Maid.
(Texter / Autor leider unbekannt)

Während die Familie noch singt, kommt der Vater von der Arbeit nach Hause. Als er das Singen im Flur hört, zieht er leise seine Jacke aus und beobachtet seine Familie durch die etwas offenstehende Küchentür. „Die sind ja mit Begeisterung dabei", denkt er bei sich und wartet das Ende des Liedes ab.

»Moin, ihr Lieben! Ihr habt ja eine gute Laune bei der Arbeit«, sagt der Vater und betritt die Küche.

»Hallo!«, rufen die Kinder und rennen auf ihren Vater los, um ihn zu begrüßen. Dieser sieht, dass Geske die Finger noch voll Kuchenteig hat und hebt sie mit ausgestreckten Armen hoch: »Na, meine kleine Bäckerin, du hast die ganzen Finger ja noch voll Kuchenteig. Darf ich deine Finger mal probieren?«

»Nein Papa! Die Finger bekommst du nicht, aber den Teig daran!« erwidert Geske und steckt dem Vater ihre kleinen Finger in den Mund.

»Der Teig ist aber lecker, den können wir ja so essen«, sagt der Vater und setzt Geske vorsichtig wieder ab.

Nun nimmt er Mattes in den Arm. »Wie war es denn im Kindergarten, Mattes?«

Mattes sieht seinen lächelnden Vater nachdenklich an: „Sollte er schon etwas wissen?"

»Es war schön und wir hatten viel Spaß«, sagt Mattes etwas verlegen.

Plötzlich wird Mattes hochgehoben und der Vater fängt an zu lachen. Alle sehen den Vater an und warten gespannt darauf, was nun wohl kommt. »Ich habe Frau Janssen getroffen und die hat mir die ganze Geschichte vom Deichbau erzählt. Auch vor dem Haus wurde ich von zwei Nachbarn auf deine Streiche angesprochen. Du bist heute schon wieder das Dorfgespräch. Alle fanden deine Sturmflut im Kindergarten lustig, aber sie mussten es ja auch nicht wieder sauber machen. Du bist wie dein Opa Klaas.«

Mattes sieht seinen Vater immer noch verlegen an und weiß nicht, was er sagen soll.

»Das habe ich Mattes heute auch schon gesagt«, meint die Mutter lachend. »Er ist wie Opa Klaas, der hat auch den ganzen lieben langen Tag nur Unsinn im Kopf.«

»Wollen wir den Apfelkuchen heute noch backen?«, fragt Oma Eske dazwischen.

»Ja, Oma! Wir müssen nur noch den Teig auf das Backblech geben, die Apfelstücke hineinstecken und dann geht er ab in den Backofen«, antwortet die Mutter. Dann fragt sie ihren Mann: »Möchtest du noch Tee trinken?«

»Ja!«, antwortet dieser. »Der Wind ist so kalt und er bläst einem durch die Kleider hindurch. Eine schöne heiße Tasse Tee wäre zum Aufwärmen nicht verkehrt.«

Die Mutter schenkt ihrem Mann den Tee ein und Oma Eske bereitet mit den Kindern den Apfelkuchen weiter zu. Dazu verteilt sie den Teig gleichmäßig auf dem eingefetteten Backblech. Als die Schüssel leer ist, fragt sie: »Wer möchte den Topf ausschlecken?«

»Ich!«, rufen beide Kinder gleichzeitig mit strahlenden Augen.

Oma Eske reicht den beiden die Schüssel herüber und schon sausen die Finger der Kinder hinein. »Es gibt nichts schöneres, als einen Topf mit Kuchenteig auszuschlecken. So kann man Kinder schnell glücklich machen«, lacht Oma Eske und beobachtet ihre Enkel.

Mutter und Vater betrachten das Schauspiel und müssen an ihre eigene Kindheit zurück denken. »So haben wir früher schon die Köpfe in den Topf gesteckt«, lächelt der Vater. »Da hat sich bis heute bei den Kindern nichts geändert.«

Als die Rührschüssel leer ist, stecken Mattes und Geske die geschnittenen Apfelstücke noch in den Teig auf dem Backblech. Oma Eske streut zum Abschluss noch etwas Zimtzucker darüber und schon verschwindet der Apfelkuchen in den Backofen.

»So!«, sagt Oma Eske erleichtert und legt sich entspannt in ihren Sessel zurück. »Nun können wir nur noch warten, bis auch der Backofen seine Arbeit gemacht hat und die Kinder die Küche geputzt haben.«

»Das ist Frauensache!«, lacht Mattes und will schnell verschwinden.

Da ruft seine Mutter ihn zurück: »Stopp, Mattes! So geht das nicht! „Aufräumen" hat mit Frauensache nichts zu tun. Jeder macht seinen Arbeitsplatz sauber und überlässt die Drecksarbeit nicht jemand anderem.«

»Stimmt das, Papa?«, fragt Mattes mit leiser Stimme seinen Vater.

»Ja, Mattes, das stimmt! Auch bei der Arbeit muss ich meinen Arbeitsplatz selber sauber halten. Nicht nur, damit es sauber aussieht, sondern auch, damit niemand über meinen Müll stolpert. Dann passieren auch keine Unfälle durch stolpern oder ausrutschen.«

Mattes sieht seinen Vater nachdenklich an und sagt: »Wenn das so ist, werden Geske und ich die Küche jetzt aufräumen. Oma Eske darf ruhig in ihrem Sessel liegen bleiben, auch wenn sie den meisten Dreck gemacht hat.«

Mattes Eltern müssen lachen und Oma Eske zieht sich mit beiden Händen an den Armlehnen nach vorne und fragt: »Warum soll ich denn aus dem Sessel fliegen?«

Alle sehen nun fragend auf Oma Eske und Mattes sagt etwas lauter: »Du sollst nicht aus dem Sessel fliegen, Oma, sondern du sollst liegen bleiben. Geske und ich machen deinen Dreck in der Küche mit sauber.«

»Danke, Kinder!«, lacht Oma Eske und lehnt sich wieder genüsslich in ihren Sessel zurück.

Die Familie verbringt gemeinsam noch einen vergnüglichen Nachmittag und alle freuen sich auf den nächsten Tag, an dem Oma Wiebke und Opa Klaas aus Emden zum Teetrinken erwartet werden.

Es ist Samstagmorgen in „Klein Kluntje-Siel" und der Sturm hat deutlich nach-
gelassen. Die ganze Familie Jacobs sitzt am Frühstückstisch und freut sich auf das
Wochenende. Oma Eske trinkt gerade ihren Ostfriesentee, als es an der Haustür
klingelt. »Wer kann das denn sein?«, fragt Geske erschrocken und sieht ihre Eltern
abwechselnd an. »Oma und Opa aus Emden wollen doch erst heute Nachmittag
kommen.«

Auch Oma Eske setzt erstaunt ihre Teetasse wieder ab: »Habt ihr das Klingeln
auch gehört, Kinder?«

»Ja, Oma! Wir haben das Klingeln auch gehört. Ich werde einmal nachsehen,
wer das wohl ist«, sagt der Vater etwas lauter und geht zur Haustür.

»Moin, Herr Buskohl! So früh schon unterwegs? Hoffentlich bringen sie keine
Rechnungen!«

»Nein, es ist keine Rechnung! Ich habe nur einen Brief für Mattes Jacobs, er
wird bestimmt schon darauf warten. Ich wünsche ihnen und ihrer Familie noch
ein schönes Wochenende!«

»Wir wünschen ihnen auch ein schönes Wochenende, Herr Buskohl. Tschüs!«,
ruft der Vater noch und geht wieder in die Küche. Alle sehen gespannt zum Vater,
denn sie wollen wissen, wer an der Tür war.

»Es war Herr Buskohl, unser Briefträger. Er hat einen Brief für Mattes gebracht«, sagt der Vater.

»Was hat Mattes bei Herrn Buskohl schief gemacht? Kannst du es denn wieder
reparieren?«, fragt Oma Eske ihren Sohn und sieht Mattes dabei streng an.
»Dieser Lausbub, hat immer nur Unsinn im Kopf.«

»Ich habe nichts schief gemacht! Ich habe einen Brief bekommen!«, sagt Mattes
etwas lauter zu seiner Oma, damit sie ihn versteht.

»Wer hat mir denn geschrieben?«, fragt Mattes seinen Vater ganz erstaunt. »Ich
habe doch noch nie einen Brief bekommen.«

»Um dir das sagen zu können, muss ich den Brief zuerst öffnen und dann lesen.«
Mattes Papa setzt sich wieder an den Frühstückstisch, öffnet den Brief und liest
ihn in aller Ruhe. Alle sehen den Vater gespannt an.

»Was steht denn in dem Brief, Papa?«, fragt Mattes ungeduldig.

»Ich habe ihn doch noch nicht ganz gelesen, Mattes.«

Nun ist auch die Mutter neugierig und sagt zu ihrem Mann: »Mach es doch
nicht so spannend, Ralf. Wer hat denn nun geschrieben?«

»Es ist ein Brief vom Amt. Da Mattes im August eingeschult wird, soll er in drei Wochen zur Schuleingangsuntersuchung zum Gesundheitsamt kommen. Sie wollen seine Schultauglichkeit prüfen.«

»Tja, Mattes! Nun wird es ernst«, lacht die Mutter.

Oma Eske sieht mit einem fragenden Gesicht in die Runde: »Welcher Ernst kommt in drei Wochen zu Besuch? Wir kennen doch keinen Ernst, oder?«

»Was nützt dir ein Hörgerät im Ohr, wenn du es nicht einschaltest, Oma. Ich soll in drei Wochen zu einem Arzt. Er will mich prüfen, ob ich im August in die Schule gehen kann.«

Mattes wird plötzlich ruhig, stützt sich mit seinen Ellenbogen auf den Tisch, legt den Kopf in die Hände und starrt vor sich hin. Die Eltern sehen ihren Sohn nachdenklich an und die Mutter fragt besorgt: »Was ist mit dir, Mattes? Du bist auf einem mal so ruhig geworden.«

»Ich habe nur kurz überlegt«, sagt Mattes leise vor sich hin. »Wenn ich mich nun beim Arzt blöd anstelle, darf ich dann im Kindergarten bleiben? Dort ist es viel schöner als in der Schule.«

Die Eltern fangen laut an zu lachen. Oma Eske sieht verwundert von einem zum anderen: »Warum lacht ihr so? Kann Mattes mir den Witz auch noch einmal etwas lauter erzählen? Ich möchte doch auch gerne wissen, worüber Ihr Euch lustig macht.«

Da meldet sich Geske etwas lauter zu Wort: »Oma! Mattes hat keinen Witz erzählt! Mattes will nicht in die Schule gehen, er will immer im Kindergarten bleiben. Dort bekommt er für seine Streiche keine schlechten Noten und er kann dort auch nicht sitzenbleiben.«

Mattes sieht seine Schwester mit heruntergezogenen Augenbrauen an: »Ich will nun noch nicht in die Schule, ich will bei meinen Freunden bleiben.«

Die Mutter nimmt Mattes in den Arm, drückt ihn und streicht mit den Händen über seinen Kopf: »Deine Freunde kommen mit dir in die Schule und ihr wollt doch alle etwas lernen. Jeder kommt in die Schule und auch dort werdet ihr viel Spaß haben. Ob du Herrn Onnen nun im Kindergarten oder in der Schule hast, er ist doch immer derselbe.«

Nach kurzem Nachdenken über die Worte seiner Mutter ist Mattes beruhigt und frühstückt in aller Ruhe weiter. Als alle mit dem Essen und Trinken fertig sind, wird der Frühstückstisch gemeinsam abgeräumt.

»Das Wetter hat sich gebessert«, sagt der Vater. »Ich werde mit den Kindern noch eben zum Deich laufen und frische Luft schnappen.«

»Mit welchem Vetter gehst du zu den Rindern?«, fragt Oma Eske.

»Oma! Schalte jetzt endlich dein Hörgerät ein!«, sagt Geske etwas lauter zu ihrer Oma. »Wir gehen mit Papa zum Deich und da sind nur Schafe.«

»Dann zieht euch aber warm an!«, sagt die Oma. »Noch ist kein Sommer. Nicht, dass ihr krank werdet, denn es ist Grippezeit.«

»Und macht euch nicht so schmutzig!«, ruft die Mutter noch hinterher. »Oma und Opa aus Emden kommen heute zum Tee und die Kinder sollen auch noch die Schlagsahne für den Apfelkuchen heute Nachmittag machen.«

Der Vater und die Kinder ziehen sich warm an, so wie es Oma gesagt hat. Mattes und Geske geben ihrem Vater die Hand und schon geht es los. Auf dem Weg zum Deich sehen die Kinder den Briefträger auf seinem Fahrrad vorbei fahren und müssen grinsen.

»Was lacht ihr denn wie zwei Honigkuchenpferde?«, will der Vater wissen.

»Gestern ist dem Briefträger seine Postmütze weggeflogen und heute trägt er eine dicke Pudelmütze, bis über beide Ohren gezogen. Die weht ihm nicht davon«, schmunzelt Mattes.

Nun grinst auch der Vater: »Die Pudelmütze hätte Herr Buskohl gestern schon aufsetzen sollen, dann hätte er sich viel Ärger erspart.«

Als sie oben auf dem Deich ankommen, gehen sie langsam durch eine Schafherde hindurch. Die ersten Schafe begrüßen die Drei schon mit einem lauten „Mäh – Mäh" und laufen über das Gras davon.

»Passt auf, wo ihr hintretet«, sagt der Vater, »überall liegen die Schafködel herum. Nicht, dass ihr die nachher alle unterm Schuh kleben habt.«

Die Kinder fangen laut an zu lachen, denn ihr Vater steht mitten drin, in einem Haufen von Schafködel. Als er dieses bemerkt, geht er weiter und sagt, um von seinem Missgeschick abzulenken: »Gut, dass wir unsere Gummistiefel angezogen haben. Wenn nun Ebbe gewesen wäre, hätten wir auch eben durchs Watt laufen können.«

»Wir können doch heute Nachmittag mit Opa Klaas noch einmal kommen!«, rufen die Kinder begeistert.

»Wir werden Opa Klaas mal fragen«, sagt der Vater. »Sollen wir nun zum Siel gehen?«

Die Kinder nicken zustimmend mit dem Kopf und gehen weiter über den Deich bis hin zum Siel. Das Siel ist eine Verbindung zwischen dem Meer und dem Binnenland im Deich. Hier haben die Menschen früher einen großen Torbogen gemauert. Rechts und links von dem Torbogen ist der Deich aus Klei und in dem

Torbogen sind zwei große Türen aus dickem Holz. Diese nennt man auch Sieltore.

Als die Kinder bei dem Siel ankommen, stehen sie am Geländer des Sieles und sehen von oben über das weite, flache Land auf den Kanal herab. Der Kanal schlängelt sich wie eine lange Schlange durch die Wiesen und das Dorf.

»Was stehen da viele schwarz–weiße Kühe auf der Wiese«, sagt Geske zu ihrem Vater.

»Ja, Geske! Das sind die ostfriesischen Kühe. Die geben unsere leckere Milch, die der Bäcker jeden Morgen vor unsere Tür stellt.«

Geske sieht weiter vom Deich auf die Wiesen herunter und bemerkt: »Dahinten stehen auch zwei braune Kühe. Sind das die Bullen?«

»Nein!«, lacht Mattes seine Schwester an. »Das sind keine Bullen, sondern Kühe, die uns den leckeren Kakao geben.«

Geske sieht ihren Vater fragend an.

»Nein, Geske, dein Bruder erzählt dir wieder nur Quatsch. Das sind auch Kühe, die Milch geben, sie stammen nur von einer anderen Rasse ab.« Geske steckt ihrem Bruder die Zunge heraus und würdigt ihn keines weiteren Blickes.

Leise sagt Geske zu ihrem Vater: »Es hätte aber doch auch wahr sein können, Papa. Weiße Hühner legen doch auch weiße Eier und braune Hühner legen braune Eier.« Dem Vater fällt darauf spontan keine Antwort ein…

Als sich die Familie Jacobs auf dem Siel zur anderen Seite dreht, sieht sie das Meer. Es geht bis zum Horizont und dort sieht es aus, als ob der Himmel hier auf dem Meer läge. Abends kann man sogar die Sonne in das Meer eintauchen und untergehen sehen.

»Wir stehen nun auf der Grenze zwischen Land und Wasser«, sagt Mattes zu seiner Schwester.

»Nein!«, sagt Geske immer noch erregt. »Wir stehen auf dem Deich und nicht auf einer Grenze!«

Schnell mischt sich der Vater in das Streitgespräch ein, bevor es zwischen den Geschwistern zum Krach kommt: »Ihr habt beide recht. Wir stehen auf dem Deich, aber der Deich ist auch die Grenze zwischen dem Meer und dem Land.«

»Ist das Siel denn der Grenzübergang?«, will Geske von ihrem Vater wissen.

»So kann man das auch sagen«, erwidert der Vater lächelnd. »Ein Siel ist ein Bauwerk, das zur Entwässerung des Landes dient. Das Regenwasser fließt von den Wiesen und Straßen in viele Gräben. Auch das Regenwasser von den Dächern aller Häuser wird durch Rohre in diese Gräben abgeleitet. Das Wasser dieser

Gräben läuft dann in diesen Kanal. Der Kanal, der auch Sieltief genannt wird, endet dann bei diesem großen Siel. Bei Ebbe wird das Sieltor geöffnet und das Wasser von den Gräben und dem Kanal kann dann ins Meer ablaufen. Bevor aber die Flut kommt, so wie jetzt, muss das Sieltor wieder schnell geschlossen werden. Das Meerwasser würde sonst über den Kanal und die Gräben aufs Land fließen und alles überschwemmen. Es würden dann nicht nur die Wiesen, sondern auch unser „Klein Kluntje-Siel" unter Wasser stehen.«

»Was das für eine Sauerei ist, habe ich im Kindergarten gesehen«, sagt Geske und sieht dabei ihren Bruder frech grinsend an.

»Papa? Hast du auch einen Schokoriegel für uns mitgenommen?«, lenkt Mattes schnell von dem unangenehmen Thema ab.

»Ja!«, lacht der Vater, denn er hat Mattes durchschaut und greift in seine Jackentasche. „Männer müssen doch zusammen halten", denkt der Vater bei sich und gibt jedem einen Schokoriegel. Mit den kalten Fingern wird dieser auch gleich vorsichtig ausgepackt.

»Ich habe meinen Schokoriegel als erster ausgepackt!«, ruft Mattes stolz und hält ihn mit einem strahlenden Lächeln im Gesicht hoch.

Doch in diesem Moment kommt von hinten eine Möwe herangeflogen, sieht den Schokoriegel und setzt zum Sturzflug an. Im Flug greift sich die Möwe den Riegel, ohne Mattes auch nur zu berühren und fliegt davon. Mattes verspürt nur einen kurzen Luftzug und sieht einen Schatten an sich vorbei fliegen. Er zuckt erschrocken zusammen und sieht auf seine leere Hand.

»Die Möwe, die Möwe hat meinen Schokoriegel geklaut«, stottert Mattes und sieht der Möwe, mit ihrer Beute im Schnabel, hinterher.

Geske muss lachen und hält ihren Riegel ganz fest: »Auspacken kannst du schnell Mattes, aber ich kann meinen leckeren Schokoriegel auch noch essen.«

Der Vater sieht in Mattes traurige Augen und gibt ihm seinen Schokoriegel: »Nun musst du diesen aber selber essen und nicht die Möwen damit füttern.«

»Nein Papa, dass mach ich nicht«, schmunzelt Mattes. »Aber da auf dem Geländer warten schon wieder zwei Möwen auf Futter.«

Der Vater muss lachen und klatscht laut in die Hände, damit die Möwen weiter fliegen: »Das machen die Möwen aber nur, weil die Feriengäste sie immer füttern. Jetzt meinen die Vögel, dass alles, was hochgehalten wird, ihr Futter ist und werden somit immer frecher und dreister.«

Mattes und Geske passen nun auf ihre Leckerei auf und gehen mit ihrem Vater wieder nach Hause. Dort angekommen, werden zuerst die Stiefel von dem Schafdreck mit etwas Wasser und einer Bürste gereinigt.

»Wir sind wieder da!«, ruft Geske laut durchs Haus. »Mattes hat auf dem Deich die Möwen gefüttert!«

»Wer hat auf dem Deich die Löwen gefüttert?«, will Oma Eske wissen. »Ist denn ein Zirkus in „Klein Kluntje-Siel"?«

»Es ist kein Zirkus bei uns und ich habe keinen Löwen gefüttert!«, sagt Mattes laut und verärgert zu seiner Oma. »Eine freche Möwe hat meine Schokolade geklaut und gefressen!«

Alle müssen lachen und Mattes Mutter meint: »Die werden auch immer frecher. Bald holen die Möwen uns noch das Essen vom Teller. Lasst uns schnell in die Küche gehen, denn das Mittagessen steht bereits auf dem Tisch.« Alle folgen der Mutter in die Küche.

»Dürfen Mattes und ich nach dem Essen die Schlagsahne für unseren Apfelkuchen machen?«, fragt Geske ihre Mutter.

»Das könnt ihr machen. Ich werde die Zutaten in den Topf geben, und ihr könnt sie dann mit dem Mixer schlagen.«

»Wen sollen die Kinder schlagen?«, fragt Oma Eske mit erschrockenem Gesicht.

»Die Schlagsahne für unseren Kuchen sollen die Kinder schlagen, Oma, und nichts anderes!«, sagt der Vater etwas lauter.

»Sie sollen aber aufpassen, dass die Schlagsahne nicht zu fest wird, sonst haben wir Butter. Immer schön in den Topf gucken«, lacht Oma Eske.

Nach dem Essen gibt die Mutter die Zutaten für die Schlagsahne in den Topf und holt den Mixer aus dem Schrank: »So Kinder, nun könnt ihr mit dem Mixer die Schlagsahne machen. Ich würde sagen, Geske hält den Topf fest und Mattes nimmt den Mixer. Du musst zuerst mit der kleinen Drehzahl vom Mixer anfangen und dann hochschalten. Passt aber auf, dass ihr nicht die Finger oder eure Haare da hinein bekommt. Ich werde schon den Tisch für das Teetrinken vorbereiten. Oma und Opa aus Emden werden schon bald kommen.«

Wie die Mutter es vorgeschlagen hat, wird es auch gemacht. Geske nimmt den Topf mit der flüssigen Sahne und hält ihn auf dem Tisch fest. So kann er beim Mixen nicht verrutschen. Nun nimmt Mattes den Mixer, hält ihn in das Gefäß und schaltet die erste Stufe ein. Der Mixer fängt langsam an, die Besen am Mixer zu drehen. Über die Schaltstufe zwei hinweg, schaltet Mattes das Gerät nun auf die höchste Drehzahl. Die flüssige Sahne im Topf wird langsam immer fester und fester.

In der Stube decken Oma Eske und die Mutter gerade bei einem lustigen Gespräch den Tisch für das Teetrinken, als sie aus der Küche Geske schreien hören:

»Mama! Mama, komm schnell!«

Als die Eltern und Oma Eske durch die Küchentür kommen, sehen sie die Bescherung. Geske hat das ganze Gesicht voller weißer Flecken. Aber nicht nur Geske, auch Mattes, die Fliesen an der Wand, die Schränke und der Fußboden, alles ist unter Sahnespritzern. Mattes sieht seine Mutter mit einem roten Kopf voller weißer Flecken verlegen an.

»Was hast du nun schon wieder angestellt!«, sagt die Mutter und schüttelt mit dem Kopf. »Du siehst aus wie ein Fliegenpilz.«

Oma Eske fängt laut an zu lachen: »Die Schlagsahne möchte ich aber nicht auf meinem Kuchen haben, die kannst du der Katze geben.«

»Ich«, stottert Mattes, »ich habe doch nur gemacht, was Oma gesagt hat. Aber beim dritten Mal in den Topf sehen habe ich vergessen, den Mixer auszuschalten. Ich habe ihn dann einfach aus der Schüssel herausgezogen.«

»Mattes, Mattes«, sagt die Mutter. »Jetzt lasst uns alles schnell wieder sauber machen, gleich kommen Oma und Opa.«

Die Küche ist schnell wieder gereinigt, denn es ist ja nur Schlagsahne und kein Schlamm wie beim Deichbruch im Kindergarten. Die Mutter schiebt den Apfelkuchen noch zum Aufwärmen in den Backofen, denn warmer Apfelkuchen mit Schlagsahne schmeckt besonders gut. Geske und Mattes stehen bereits in der Stube am Fenster und warten darauf, dass Oma Wiebke und Opa Klaas kommen.

Mattes wird schon ganz unruhig und sieht dauernd zur Stubenuhr: »Die haben vergessen, dass sie kommen wollen, Mama, oder hast du dich im Tag geirrt.«

»Der Tag stimmt Mattes, aber vielleicht geht Opa Klaas Uhr etwas anders als unsere.« Aber da biegt auch schon das Auto von Opa Klaas um die Ecke und fährt auf das Haus zu.

»Oma und Opa sind da!«, rufen die Kinder laut durchs Haus und rennen hüpfend zur Haustür.

Opa Klaas steigt als erster aus dem Auto aus und sagt mit tiefer Stimme und ganz ernst: »Sind wir hier richtig? Bei Geske und Mattes Jacobs in „Klein Kluntje-Siel“?«

»Ja, Oma und Opa!«, rufen beide begeistert. »Hier seid ihr richtig! Hier könnt ihr bleiben!«

Die Kinder umarmen ihre Großeltern und gehen ins Haus. Auch die Eltern und Oma Eske begrüßen die Großeltern aus Emden und nehmen ihnen die Jacken ab, um sie an die Garderobe zu hängen.

»Kommt rein in die warme Stube und setzt euch hin. Mögt ihr zum Tee auch ein Stück Apfelkuchen?«, fragt die Mutter.

Opa Klaas antwortet als erster: »Wenn der Apfelkuchen schön warm ist und eine weiße Mütze auf hat, dann möchte ich gerne ein Stück.«

Oma Eske sieht Opa Klaas verwundert an: »Warum willst du denn eine Mütze aufsetzen? Es ist doch warm in der Stube!«

»Oma hat ihr Hörgerät immer ausgeschaltet und dann hört sie alles falsch«, sagt Geske zum Opa. »Aber das mit der Mütze habe ich auch nicht verstanden.«

Die Eltern fangen an zu lachen. »Opa möchte auf seinem Kuchen einen Hügel aus Schlagsahne haben, das ist die Mütze!«, sagt die Mutter etwas lauter, damit auch Oma Eske es versteht.

»Wollt ihr hier nun den ganzen Tag schreien?«, fragt Opa Klaas. »Zeige mir bitte mal dein Hörgerät Eske, ich will es dir eben einschalten. So kann es doch nicht weitergehen, dass wir den ganzen Tag nur noch brüllen sollen. Da bekommen wir ja auch einen Gehörschaden bei der Lautstärke!«

Opa Klaas steht auf und geht zu Oma Eske. Nach einer kurzen Untersuchung stellt er fest: »Dein Hörgerät ist eingeschaltet Eske, dein Kraftwerk im Ohr ist kaputt!«

Mattes und Geske sehen ihren Opa fragend an: »Oma hat ein Kraftwerk im Ohr?«

»Ein Kraftwerk nicht gerade,« lacht Opa Klaas, »aber die Batterie ist leer.« Alle fangen an zu lachen und schütteln mit dem Kopf.

»Wir müssen nun schon seit Tagen laut reden und dabei ist nur die Batterie leer. Hier, Opa Klaas, baue Oma bitte schnell eine neue Batterie ein«, sagt die Mutter.

Opa Klaas fängt laut an zu lachen: »Oma Eske kann ich keine Batterie einbauen, höchstens dem Hörgerät.«

Die ganze Familie muss nun noch lauter lachen. Auch Oma Eske hat Opa Klaas verstanden und sagt: »Ich habe noch Energie genug Klaas, nur meine Ersatzteile nicht. Aber das wirst du ja jetzt ändern!.«

Opa Klaas nimmt das Hörgerät und tauscht die alte Batterie gegen eine neue aus und sagt: »Denkt bitte daran, dass die Batterie nicht in den Müll kommt. Auch so kleine Batterien sind Sondermüll.«

Beim Teetrinken will Opa Klaas testen, ob das Hörgerät wieder funktioniert und fragt Oma Eske in normaler Lautstärke: »Weißt du, wie die Ostfriesen eine Glühlampe auswechseln, Eske?«

»Ich weiß wie das geht, aber du musst nicht so schreien, meine Ohren!« Der Test ist gelungen und alle müssen schmunzeln.

»Aber wie machen die Ostfriesen das denn?«, will Mattes wissen. Denn wenn Opa schon fragt, machen die es bestimmt anders.

»Das will ich dir genau erzählen«, schmunzelt Opa Klaas. »Wenn bei den Ostfriesen eine Glühlampe ausgetauscht werden muss, benötigen sie fünf starke Männer und einen Stuhl. Ein Ostfriese stellt sich auf den Stuhl und hält die kaputte Glühlampe fest. Die anderen nehmen je ein Stuhlbein und drehen den Stuhl solange linksherum, bis die alte Glühlampe heraus geht. Mit der neuen Glühlampe drehen sie den Stuhl genau anders herum.«

Alle müssen lachen, nur Oma Eske bleibt ernst: »Mach die Ostfriesen nicht immer so schlecht, Klaas! Wir sind doch selber welche!«

»Aber Eske! Je mehr Witze wir über uns machen, umso mehr Feriengäste kommen doch zu uns nach Ostfriesland. Das bringt den Geschäften und der Gemeinde Geld in die Kassen und schafft viele Arbeitsplätze.«

Oma Eske nickt zustimmend mit dem Kopf und nimmt ein Stück von dem leckeren Apfelkuchen. Beim Tee erzählen die Eltern den Großeltern, was Mattes in den letzten Tagen alles ausgefressen hat und dass er genauso ein Schelm sei, wie Opa Klaas. In bester Stimmung sitzt die Familie in der Stube beim Tee und erzählt sich alte Geschichten und Streiche, die Opa Klaas schon alle ausgefressen hat.

»Letzte Woche war ich mit Opa einkaufen und wir hatten auch zwei Glühlampen im Einkaufswagen«, erzählt Oma Wiebke. »Ich habe mich an der Kasse für Opa geschämt.«

Mattes sieht seine Oma mit großen Augen an und fragt: »Aber warum hast du dich denn geschämt, Oma Wiebke?«

»Als wir an die Kasse kamen, nahm die Kassiererin die Glühlampen vom Band und steckte sie in ein Prüfgerät. Nun wurden die Glühlampen getestet, ob sie in Ordnung sind. Immer wenn die Glühlampe in Ordnung war, fing das Prüfgerät laut an eine Melodie zu spielen. Opa sah dann die junge Kassiererin mit einem ganz ernsten Gesicht an und sagte mit kräftiger Stimme: „Die Glühlampen können sie behalten! Die möchte ich nicht haben!" Daraufhin sah die Kassiererin Opa entgeistert an und fragte: „Warum wollen sie die Glühlampen denn jetzt nicht mehr?" „Ich möchte Glühlampen haben, die Licht erzeugen und keine, die Musik machen! Für Musik haben wir schon ein Radio!", antwortete Opa dann. Vor der Kasse hatte sich schon eine lange Schlange gebildet und diese brach in ein lautes Gelächter aus. Nur die arme Kassiererin bekam einen roten Kopf und sah Opa immer noch fragend an.«

Alle am Tisch fangen an zu lachen und Oma Eske sagt: »Du und Mattes, ihr habt es faustdick hinter den Ohren. Ihr macht euch immer auf die Kosten anderer lustig.«

»So stimmt das nicht, Eske«, lacht Opa Klaas. »Wir sorgen nur für eine lustige Unterhaltung. Das Leben ist von sich aus schon ernst genug, da sollte man sich über jedes Lachen freuen. Wir werden nie andere beleidigen, denn sie müssen nach kurzem Überlegen immer selber darüber schmunzeln.«

»Opa, das stimmt!«, antwortet Mattes. »Auch über meinen Deichbruch im Kindergarten hat das ganze Dorf gelacht und keiner war traurig.«

Nach einer kurzen Pause fragt Mattes: »Opa? Kannst du mir sagen, woher unser Dorf „Klein Kluntje-Siel" seinen Namen hat?«

»Ja!«, sagt Opa Klaas. »Genau das habe ich meinen Opa früher auch gefragt und der hat es mir genau erzählt.«

Alle sind nun ruhig und warten gespannt darauf, was Opa Klaas darauf antwortet. »Also! Mein Opa hat mir damals erzählt, als er noch ein kleiner Junge war, standen die Wiesen immer unter Wasser. Für das Wasser, das hier abfließen sollte, war der Weg zum nächsten großen Siel viel zu weit. Nun mussten sich die ersten Anwohner etwas überlegen und kamen auf die Idee, sich ein eigenes Siel in den Deich zu bauen. Sie hatten aber leider nicht viel Geld und konnten sich nur ein kleines Siel leisten. So gruben sie ein Loch in den Deich und mauerten einen kleinen Bogen aus Steinen hinein. In diesen Steinbogen setzten sie zwei dicke Holztüren, durch die sie bei Ebbe das Wasser abfließen lassen konnten. Bei Flut wurden die Türen dann geschlossen.«

»Wie das funktioniert, hat Papa uns schon erzählt«, unterbricht Mattes seinen Opa. »Ich möchte gerne wissen, woher der Name „Klein Kluntje-Siel" kommt.«

»Nicht so ungeduldig, kleiner Mann! Die Geschichte ist doch noch nicht zu Ende! Als die Anwohner ihr Siel fertig hatten, waren sie stolz, es geschafft zu haben. Die Wiesen standen ab jetzt nicht mehr unter Wasser, denn das Wasser konnte durch das Siel ablaufen. Nur Fremde, die das kleine Siel sahen, machten immer ihre Bemerkungen. „Kann dies Siel das schaffen?" Immer wieder hörten die Anwohner diesen einen Satz. „Kann dies Siel das schaffen?" Und wenn man nun die ersten drei Wörter ganz schnell sagt, hört sich das wie „Kandis Siel" an.«

»Kandis sind doch die Zuckerstücke, die wir in den Tee tun!«, ruft Geske aufgeregt.

»Ja!«, lacht Opa Klaas. »Aber wie sagt Oma Eske auf Plattdeutsch zu den Kandis?«

»Kluntje!«, ruft nun Oma Eske dazwischen. Auch sie hat genau zugehört und alles verstanden. Die ganze Familie bricht in Gelächter aus.

»Nun weißt du, wo der Name „Klein Kluntje-Siel" herkommt, Mattes.«

»Opa Klaas, stimmt das auch? Oder ist das wie bei Ebbe und Flut, wo mich der Lehrer und die ganzen Kinder ausgelacht haben.«

»Das hat mein Opa mir schon so erzählt und ich habe nie etwas anderes gehört, Mattes. Das muss so stimmen!«, grinst Opa Klaas.

»Papa hat uns aber erzählt, dass wir ein großes Siel im Deich haben«, ruft Geske dazwischen.

Opa Klaas zwinkert Geske zu: »Das sagen die Einwohner von „Klein Kluntje-Siel" immer. Was ist schon groß und was ist klein? Das ist alles relativ und relativ sind drei Haare.«

Nun überlegt auch der Vater, was Opa wohl mit den drei Haaren meint. Aber Opa Klaas hat die fragenden Gesichter schon gesehen: »Soll ich euch das eben erklären?«

»Ja!«, ruft Mattes. »Ich verstehe das auch nicht mit den drei Haaren.«

» Also! Die drei Haare auf meinem Kopf sind gegen den blonden Wuschelkopf von Mattes relativ wenige. Aber drei Haare in der Suppe, wo keine hin gehören, sind relativ viele. Somit kann man doch sagen, wenig und viel, dick und dünn oder groß und klein, ist immer nur in einem Vergleich von mindestens zwei Gegenständen aus zu beurteilen. Wenn ihr nun euer Siel mit den anderen vergleicht, werdet ihr feststellen, dass euer Siel das Kleinste von allen ist.«

Alle fangen an zu lachen, aber in diesem Moment muss Mattes laut niesen.

Opa Klaas sieht Mattes streng an. »Ich halte immer die Hand vor den Mund, wenn ich niese, Mattes!«

»Ach, Opa Klaas!«, lächelt Mattes seinen Opa frech an. »Meine Zähne sitzen doch noch fest, die muss ich nicht festhalten.«

Opa Klaas sieht Mattes verdutzt an und weiß nicht, was er antworten soll. Alle fangen laut an zu lachen und Oma Wiebke sagt zu ihrem Mann: »Na, Klaas? Da hast du einen gleichwertigen Gegner gefunden. Unser Mattes ist genauso schlagfertig wie du und macht auch den ganzen Tag nur Dummheiten.«

»Wenn ihr so weitermacht«, lacht Oma Eske, »bekomme ich noch Bauchschmerzen vor Lachen. Gut, dass mein Hörgerät wieder funktioniert. In so lustiger Runde sollten wir jeden Tag Tee trinken.« Alle stimmen diesem Vorschlag lauthals zu.

Geske überlegt kurz und sagt dann: »Aber leider wohnen Oma Wiebke und Opa Klaas in Emden und Mama und Papa müssen doch zur Arbeit, dann geht das doch gar nicht. Ich gehe nur vormittags in den Kindergarten, aber Mattes muss nun bald zur Schule und dann nachmittags seine Hausaufgaben machen.«

»Was?«, fragt Opa Klaas erstaunt. »Mattes muss zur Schule? Wenn du deinen Lehrer, Herrn Onnen, nun schon dauernd ärgerst, will der dich denn überhaupt noch haben?«

Mattes grinst seinen Opa frech an: »Opa Klaas! Wenn die Lehrer dich früher in die Schule gehen ließen, dann wird Herr Onnen mich wohl auch nehmen. Ich habe heute schon einen Brief bekommen und darin werde ich gebeten, zur Schule zu kommen. Die warten schon sehnsüchtig darauf, dass ich endlich komme und haben mir eine Einladung geschickt.«

Oma Eske und Oma Wiebke haben Tränen in den Augen.

»Seid ihr traurig, dass Mattes in die Schule muss?«, fragt Geske ihre Großmütter besorgt.

»Nein!«, sagen beide wie auf ein Kommando. »Wir haben Tränen in den Augen vor Lachen und der Bauch tut uns auch schon weh.«

»Da muss ich euch noch einen Witz erzählen«, sagt Opa Klaas. »Sitzt ein kleiner blonder Junge in der Klasse und fragt seinen Lehrer: „Herr Müller, kann man für etwas bestraft werden, was man nicht gemacht hat?“ „ Nein Fritz, das darf man nicht machen.“ „Gut, Herr Müller, ich habe meine Hausaufgaben nicht gemacht.“«

Alle haben wieder ihren Spaß und Geske sagt zu ihrem Opa: »Die hättest du auch Mattes und Herr Onnen nennen können.«

»Das würde ich doch nicht machen, Geske!«, widerspricht Opa Klaas und sieht Mattes dabei an. »Wenn du nun schon bald zur Schule gehst, Mattes, weißt du denn auch schon, was du später einmal werden möchtest?«

»Na klar, Opa! Ich gehe später zur Müllabfuhr!«, antwortet Mattes mit voller Überzeugung.

Opa Klaas und auch der Rest der Familie sieht Mattes verdutzt an: »Wie kommst du denn auf den Müllmann?«

Mattes strahlt seinen Opa an: »Glaubst du, dass ich wie Papa, jeden Tag zur Arbeit gehe? Ich werde Müllmann, denn die arbeiten nur montags!«

»Ja, Mattes!«, lacht Opa Klaas. »Montags arbeiten die Müllmänner in „Klein Kluntje-Siel“, aber an den anderen Tagen in den anderen Dörfern von Ostfriesland. Die armen Müllmänner müssen auch jeden Tag der Woche bei Wind und Wetter arbeiten.«

»Wenn das so ist, Opa, dann werde ich Lehrer! Herr Onnen muss nur vormittags arbeiten und hat oft Ferien.«

»Hört auf! Hört auf!«, schreit Oma Eske. »Ich kann nicht mehr. Ich habe jetzt schon Bauchschmerzen und bekomme fast keine Luft mehr vor Lachen.«

»Ich habe auch noch einen Ostfriesenwitz«, grinst Mattes. »Oma und Opa gehen ins Bett und wollen schlafen gehen. Da nimmt der Opa einen Stein vom Nachtschränkchen und schmeißt damit die Glühlampe der Deckenleuchte kaputt. Darauf nimmt die Oma ein Streichholz aus der Schachtel und zündet dies an. Der Opa sieht seine Frau im Licht des Streichholzes an und fragt: „Warum machst du das Streichholz an?“ Die Oma dreht sich zu ihrem Mann und sagt: „Ich wollte sehen, ob du getroffen hast und das Licht aus ist.“«

»So gehen wir aber nicht ins Bett«, lacht Oma Wiebke und Opa Klaas stimmt dem kopfschüttelnd zu.

Vor lauter Reden und Lachen haben sie gar nicht bemerkt, wie die Zeit davon gelaufen ist. Sogar die Sonne geht mit einem kräftig rotgefärbten Himmel hinterm Deich unter. Es wird schon dunkel in der Stube und Oma Eske macht das Licht an: »Ich sehe euch schon fast nicht mehr.«

Da ruft Mattes aufgeregt: »Wir wollen doch noch mit Opa Klaas zum Deich und ins Watt gehen!«

»Dazu ist es nun leider zu spät, aber wenn Oma und ich nächstes Mal wieder kommen, werden wir das nachholen. Das ist versprochen, Mattes und so lustig wäre es im Watt nicht geworden.«, lacht Opa Klaas.

»So! Wir müssen nun auch nach Hause, Klaas. Es ist schon spät und man sollte gehen, wenn es am schönsten ist«, sagt Oma Wiebke zu ihrem Mann.

»Aber ihr könnt doch noch nicht gehen«, bettelt Mattes seine Großeltern an. »Es ist doch so schön mit euch und morgen können wir alle ausschlafen.«

Auch Oma Eske möchte noch nicht, das Oma Wiebke und Opa Klaas gehen: »Ihr könntet doch noch zum Abendbrot bleiben.«

»Jetzt ist es gut gewesen«, sagt Oma Wiebke. »Wir hatten einen so schönen Nachmittag, aber nun müssen wir nach Hause. Opa fährt auch nicht gerne im Dunkeln mit dem Auto.«

»Das stimmt!«, sagt Opa Klaas. »Aber wir kommen bald wieder, wenn ihr einen Apfelkuchen backt.«

»Das werden wir machen«, lacht Mattes und sieht seinen Opa dabei an. »Bis dahin werde ich auch noch ein paar Witze für euch sammeln.«

»Das kannst du machen, Mattes«, freut sich Opa Klaas. Alle stehen auf und gehen in den Flur. Opa Klaas und Oma Wiebke ziehen ihre Jacken an und verabschieden sich. Auf dem Weg zur Haustür nimmt der Opa seinen Enkel noch in den Arm und streichelt ihm den Kopf: „Bleib so, wie du bist mein Junge, dann wird dein Leben und das der anderen nie langweilig werden.«

Alle winken den Großeltern noch nach, bis sie mit ihrem Auto, dreimal hupend, eine Zeremonie bei der Familie Jacobs, hinter der nächsten Hausecke verschwinden.

Oma Eske geht wieder in die Stube und lehnt sich entspannt in ihren Sessel zurück und sagt: »Das war ein wunderschöner Nachmittag, ich habe lange nicht mehr so gelacht.«

* DER TANTE-EMMA-LADEN *

Es ist ein sonniger Frühlingsmorgen in „Klein Kluntje-Siel" und die Familie Jacobs sitzt noch beim Frühstück. Mattes Vater muss heute etwas später zur Arbeit, denn es kommt gegen Mittag ein großes Schiff zur Reparatur in die Werft. Damit die Reparatur schnell erledigt wird, sind alle Werftarbeiter in Schichten eingeteilt worden. Auch der Vater von Mattes soll nun von Mittag bis in den späten Abend arbeiten.

»Ich werde heute erst von der Arbeit kommen, wenn ihr schon schlaft«, sagt der Vater zu Geske und Mattes. »Die Gutenachtgeschichte muss Mama oder Oma euch heute vorlesen.«

»Das werde ich heute Abend gerne übernehmen«, sagt Oma Eske. »Ich werde mir eine schöne Geschichte überlegen und sie euch heute Abend erzählen.«

»Ja, Oma!«, ruft Geske begeistert aus. »Aber eine schöne und lustige Geschichte soll es sein, Oma! So eine von früher!«

»Das werde ich machen«, lacht Oma Eske. »Aber nur so lustig, dass ihr auch einschlafen könnt, und das Gutenachtgebet machen wir dann mit Mama zusammen.« Die Kinder stimmen mit dem Kopf nickend zu.

Geske und Mattes bekommen jeden Abend eine Kurzgeschichte von ihrem Vater vorgelesen. Da er den ganzen Tag bei der Arbeit ist, sieht er seine Kinder nur an den Wochenenden und abends kurz. Diese Zeit nutzt der Vater, um einen guten

Kontakt zu seinen Kindern zu halten. Es wird aber nicht nur eine Geschichte vorgelesen, sondern auch besprochen, was die Kinder am Tag so erlebt haben. So weiß der Vater immer, was in seinen Kindern vorgeht und die Kinder können sich alles von der Seele reden.

»Sollen wir heute Vormittag noch einkaufen gehen?«, fragt Papa Jacobs seine Frau.

»Das geht heute leider nicht, Ralf. Ich werde heute im Kindergarten Frau Eilers bei der Betreuung der Kinder unterstützen. Ich habe ihr fest versprochen, dass ich heute komme, und darauf muss Frau Eilers sich dann auch verlassen können.«

»Juchhu!«, rufen die Kinder begeistert. »Was machen wir denn heute, Mama?«

»Das werde ich euch noch nicht verraten, das wird eine Überraschung. Ich habe mir etwas überlegt, aber das muss ich noch mit Frau Eilers absprechen.«

Die Kinder sind gespannt, was sie mit Frau Eilers und ihrer Mama erleben werden. „Ob wir etwas basteln?" In den Köpfen der Kinder geht es hin und her mit den Möglichkeiten, was heute wohl passieren wird.

Da steht Oma Eske auf und sagt: »Ich werde den Frühstückstisch abdecken und ihr müsst euch für den Kindergarten fertigmachen. Es ist schon spät und ihr müsst los.«

Die Kinder stehen auf und ziehen sich ihre Jacken an. Dann gehen sie zurück in die Küche und verabschieden sich von Oma Eske und ihrem Vater.

»Papa, bis morgen und wenn du heute Nacht kommst, dann kannst du uns - auch wenn wir schon schlafen - noch einen Gutenachtkuss geben«, strahlt Geske ihren Papa an.

Der Vater lacht und sagt: »Das hätte ich sowieso getan, Geske. Mama und ich sehen immer noch abends bei euch ins Zimmer, bevor wir schlafen gehen. Wenn ihr dann so schön in eurem Bett liegt und träumt, dann geben Mama und ich euch noch einen Kuss auf die Stirn.«

»Warum denn auf die Stirn?«, will Geske wissen und sieht ihren Vater fragend an.

»Damit ihr nicht aufwacht und ruhig weiterschlaft,« antwortet der Vater. »Wir wollen euch beim Träumen doch nicht stören.«

Mattes sieht seinen Vater gespannt an: »Woher willst du denn wissen, wann ich träume? Kann man das sehen oder hören, Papa?«

Der Vater beginnt zu lächeln: »Ab und zu kann ich es erkennen, dann habt ihr im Schlaf ein Lächeln im Gesicht. Ein anderes Mal können wir es hören, dann sprecht ihr im Schlaf leise vor euch hin. Wenn ihr aber ganz ruhig schlaft, dann vermuten wir es nur und wollen dann auch nicht stören. Aber jetzt müsst ihr euch beeilen, sonst kommt ihr noch zu spät zum Kindergarten und Frau Eilers glaubt, das Mama doch nicht kommt.«

»Tschüs!« rufen die Kinder und ihre Mutter noch und gehen dann, sich an der Hand haltend, zum Kindergarten.

Auf dem Weg zum Kindergarten treffen sie Enno mit seiner Mutter und gehen gemeinsam weiter. Die Mütter unterhalten sich und die Kinder nehmen sich an die Hände. Mehr hopsend als laufend bewegen sie sich auf dem Bürgersteig.

»Heute wird meine Mama mit uns eine Überraschung machen«, strahlt Geske den kleinen Enno an. »Wir machen etwas, was sie uns nicht verraten will. Aber es ist bestimmt etwas ganz Besonderes.«

Enno lächelt Geske und Mattes an und sagt leise: »Dann lassen wir uns eben überraschen, es wird bestimmt etwas Lustiges.«

Als sie im Kindergarten ankommen, empfängt sie Frau Eilers: »Hallo Kinder! Zieht ihr euch schon einmal die Jacken und Schuhe aus und geht dann in den Seestern-Raum. Ich muss mit Frau Jacobs noch etwas besprechen. Frau Janssen, können sie noch fünf Minuten bei den Kindern bleiben?«

»Ja, die Zeit habe ich wohl!«, antwortet Frau Janssen und kümmert sich um die Kinder. Sie hilft den kleinen Kindern beim Ausziehen und sorgt dann im Seestern-Raum für Ruhe.

Die beiden anderen Frauen gehen in das Lehrerzimmer: »Frau Jacobs, ich muss heute in den ersten beiden Stunden die vierte Klasse unterrichten und darum wollte ich sie fragen, ob sie die Kindergartengruppe bis zum Frühstück alleine betreuen können?«

»Ja, das kann ich wohl. Ich werde mit den Kindern besprechen, was ein Tante-Emma-Laden ist und nach dem Frühstück könnten wir dann, bei dem schönen Wetter, zu Frau Kruse, der Inhaberin des Geschäftes, gehen.«

»Das ist eine tolle Idee, Frau Jacobs, das machen wir!«

Frau Eilers geht nun in die vierte Klasse und Frau Jacobs in den Seestern-Raum zu den Kindergartenkindern. »Moin!«, ruft sie den Kindern zu und zählt kurz durch, ob auch alle da sind. »Wo ist denn der Fritz?«

»Der Buskohl muss noch die Post verteilen!«, gröhlt Tammo laut in den Raum.

Frau Jacobs sieht Tammo streng an: »Das heißt erstens Herr Buskohl und zweitens wollte ich nicht wissen, wo Herr Buskohl ist, sondern sein Sohn Fritz.«

»Und drittens kann ich ihnen sagen, dass Fritz gerade gekommen ist«, lächelt Tammo Frau Jacobs frech an.

»Danke für deine liebe Auskunft, Tammo! Du bist heute wieder sehr nett zu mir!«

Die Kinder fangen an zu lachen und Tammo merkt, dass er sich wohl etwas daneben benommen hat. Als Fritz auch auf seinem Platz sitzt, beginnt Frau Jacobs: »Ich möchte heute nach den Frühstück mit euch und Frau Eilers Frau Kruse in ihrem Tante-Emma-Laden besuchen und den Laden besichtigen.«

»Aber Mama!«, ruft Mattes enttäuscht dazwischen. »Den kennen wir doch alle! Ich dachte, wir machen etwas Besonderes, eine Überraschung.«

»Wenn ihr den Tante-Emma-Laden schon alle so gut kennt, dann erzählt mir doch mal, was es dort zu kaufen gibt.«

Die Kinder rufen alle durcheinander, was sie da schon erstanden haben.

»Moment!«, sagt Frau Jacobs. »Wir können zusammen singen, aber nicht reden. Ich gehe an die Wandtafel und jeder nennt mir ein Teil, das er bei Frau Kruse schon gekauft hat. Tammo, du fängst an.«

Als alle Kinder eine Sache genannt haben, stellt sich Frau Jacobs an die Wandtafel und liest die Einkaufsliste der Kinder vor: »Auf eurer Einkaufsliste stehen folgende Wünsche: Schokolade, Bonbons, Eis, Lakritze, Schokoriegel, Lutschstangen, Zuckerwatte, Comic-Hefte und Wundertüten. Für diese Wünsche hätte ein Kiosk gereicht. Unser Tante-Emma-Laden hat aber nicht nur etwas für Kinder, sondern für alle Einwohner von „Klein Kluntje-Siel". Ihr wisst ja, dass ich stundenweise bei Frau Kruse arbeite und dort verkaufen wir ganz viele verschiedene Artikel. Von den Tante-Emma-Läden gibt es leider nur noch wenige auf dem Lande. Hier gibt es in kleinen Geschäften, auf engstem Raum, viele verschiedene Lebensmittel und andere Gegenstände zu kaufen. Auf die Dorfbewohner zugeschnitten, gibt es ein ganz bestimmtes Warensortiment. Alles, was ein großes Einkaufszentrum auf viel Fläche anbietet, versucht Frau Kruse mit ihren Laden im Kleinen. Über dieses Angebot freuen sich hauptsächlich unsere älteren Einwohner, die nicht mehr so weite Strecken zurücklegen können. Aber auch für uns ist dieses Angebot gut, denn wenn uns etwas fehlt, können wir es schnell besorgen und müssen nicht erst mit dem Auto oder dem Bus in die Stadt fahren.«

»Ja!«, ruft Jelto dazwischen. »Meinem Vater war beim Graben im Garten der Spatenstiel abgebrochen und ich musste von Frau Kruse einen neuen holen. So konnte mein Vater gleich weiter arbeiten und musste nicht erst in die Stadt fahren, um dort einen zu kaufen.«

»Und ich musste für meine Mama von Frau Kruse gestern noch Tee und Kandis holen«, fügt Tomke hinzu. »Wir hätten sonst am Nachmittag keinen Tee trinken können.«

»Ich gehe aber nicht gerne mit meiner Mama in den Tante-Emma-Laden«, sagt Antje bedrückt.

»Aber warum das denn nicht, Antje?«, will Frau Jacobs wissen und sieht Antje mit einem fragenden Gesicht an.

»Immer, wenn ich mit meiner Mama in den Laden gehe, dauert das Einkaufen zehn Minuten, aber das Quatschen eine Stunde.«

»Deine Mama quatscht eben gerne! Das macht sie doch überall!«, ruft Jelto dazwischen.

»So ist das nicht!«, sagt Frau Jacobs. »In den großen Einkaufszentren ist das Einkaufen sehr unpersönlich. Jeder rennt nur mit seinem Einkaufszettel durch die Regalreihen, um sich dann an der Kasse anzustellen. Bei uns kennt sich noch jeder, der in den Laden kommt, bis auf die Feriengäste. Wenn ihr die dann aber einmal beobachtet, erkennt ihr schnell, dass sie die Gespräche der Einheimischen verfolgen. Letztens sagte noch ein Urlauberpaar: „Die leben hier noch in einer heilen Welt, hier kennt man seine Nachbarn noch.“ Ich finde, das ist etwas sehr Schönes. Auch hier an der Schule und im Kindergarten kennt ihr jeden. Würdet ihr in einer Großstadt zur Schule gehen, mit über eintausend Schülern, dann sähe das schon ganz anders aus. Auch in den Hochhäusern der Großstädte kennen sich nicht einmal die Nachbarn, die in einem Haus wohnen. Da wir uns in „Klein Kluntje-Siel“ alle kennen, quatschen wir auch gerne miteinander. Die Einwohner einer Stadt grüßen sich auf der Straße nur, wenn sie sich sehr gut kennen. Ansonsten läuft jeder an den anderen wortlos vorüber. Diese Nähe zu den Nachbarn und die Nachbarschaftshilfe hier in „Klein Kluntje-Siel“ ist das, was ich hier so schön finde.«

»Dann gehe ich lieber hier in den Kindergarten«, sagt die kleine Antje. »Dann will ich auch beim Einkaufen gerne etwas warten, aber nur nicht immer so lange.« Alle Kinder fangen an zu lachen und stimmen diesem kopfnickend zu.

»Frau Eilers und ich werden nach dem Frühstück mit euch den Tante-Emma-Laden besichtigen. Dann werde ich euch einmal zeigen, was es bei Frau Kruse außer Süßigkeiten noch alles zu kaufen gibt.«

»Hurra!«, rufen die Kinder begeistert. »Gehen wir auch einkaufen?«

»Das müssen wir einmal sehen«, sagt Frau Jacobs. »Ich habe noch ein kleines Gedicht über einen Tante-Emma-Laden, wollt ihr das einmal hören? Darin geht es auch um verschiedene Waren, die man dort kaufen kann.«

Die Kinder stimmen dem lauthals zu und freuen sich schon auf ihren Ausflug zum Tante-Emma-Laden von Frau Kruse.

»Wenn ich das Gedicht vorlese, müsst ihr aber alle mitmachen!«

»Wir kennen das Gedicht aber doch gar nicht, wie sollen wir da denn mitmachen!«, ruft Mattes in den Raum.

»Ich werde die ersten Zeilen des Gedichtes vortragen und wenn ich dann die rechte Hand hebe, sagt ihr immer ganz laut und deutlich die letzte Zeile des Gedichtes. Ihr müsst dann immer sagen: „Bei uns, da kann man alles kaufen.“ Wir werden das einmal üben. Sobald ich die rechte Hand hebe sagt ihr: „Bei uns, da kann man alles kaufen.“« Frau Jacobs wartet einen Augenblick und hebt dann die rechte Hand.

»Bei, bei, bei,« fangen die Kinder die letzte Zeile an zu sagen.

»Das klingt ja, als ob ihr alle stottert«, lacht Frau Jacobs. »Ihr müsst alle zur gleichen Zeit mit dem Satz beginnen. Das müssen wir noch einmal üben.«

Frau Jacobs wartet wieder kurz und hebt dann die rechte Hand.

Alle Kinder sagen nun zur gleichen Zeit: „Bei uns, da kann man alles kaufen“.

Frau Jacobs klatscht in die Hände: »Das war schon gut, Kinder, nächstes Mal auch noch etwas lauter bitte. Das soll man bis ins Lehrerzimmer hören.«

Die Kinder warten nun auf das Handzeichen und rufen dann laut und deutlich: „Bei uns, da kann man alles kaufen“. Frau Jacobs lacht und ist begeistert: »Das war spitze, Kinder! So möchte ich das nun auch im Gedicht hören, wenn ich dann die rechte Hand hebe.«

Frau Jacobs holt den Zettel mit den Zeilen aus der Tasche und beginnt vorzulesen:

Der Tante-Emma-Laden
In einem Tante-Emma-Laden,
steht eine Frau mit dicken Waden.
Sie steht hier so manche Stunde,
da kommt auch schon der nächste Kunde.
Haben sie Gardinenschlaufen?
Bei uns, da kann man alles kaufen.

Gerade war hier noch Frau Meier,
ihr fehlten fürs Backen noch zehn Eier.
Auch das Rezept hatte sie verliehen,
es wurde ihr schnell ein neues aufgeschrieben.
Jetzt wird das Backen gut verlaufen.
Bei uns, da kann man alles kaufen.

Herr Otto wollte einen Brief versenden,
er sollte gehen an seine Bank in Emden.
Doch er hatte keine Briefmarken mehr
und darum kam er zu uns schnell her.
„Haben sie Briefmarken?", sprach er noch beim Schnaufen.
Bei uns, da kann man alles kaufen.

Zwei Schüler sind streitend in den Laden gekommen,
„Paul hat meine Bastelschere genommen."
„Ich habe deine Schere nicht", Paul wurde verlegen,
„wollen wir unser Taschengeld zusammenlegen?"
Als Freunde müsst ihr euch nicht raufen.
Bei uns, da kann man alles kaufen.

Ein Lehrer kommt als nächster Kunde,
ich gebrauche Material für meine Bastelstunde.
Ich hätte gerne Leisten, Kordel und Papier,
wir wollen einen Drachen bauen, wie ein Tier.
Ich kann ihnen ein Bastelbuch empfehlen, dort von dem Haufen.
Bei uns, da kann man alles kaufen.

Frau Jacobs ist begeistert, dass das so gut geklappt hat und sagt zu den Kindern: »Das habt ihr toll gemacht, einfach toll! Wenn wir nach dem Frühstück zum Tante-Emma-Laden gehen, werde ich für jeden ein Eis ausgeben.«

Die Kinder fangen mit lautem Geschrei an zu jubeln: »Wir bekommen ein Eis! Wir bekommen ein Eis!«

Keiner hat bemerkt, dass Frau Eilers schon seit der zweiten Strophe in der Tür steht und sich das alles angehört hat: »Ich hätte auch gerne ein Eis!«, ruft sie in den Raum. »Was ihr da gerade geboten habt, war spitze!«

Alle sehen erschrocken zur Tür.

»Was seht ihr mich so erschrocken an? Ich bin doch kein Geist. Ich wollte eigentlich nur sagen, dass der Frühstückstisch gedeckt ist, aber bei der Vorstellung wollte ich nicht stören.«

Alle fangen an zu lachen und folgen Frau Eilers in den Waschraum, um sich die Hände vor dem Frühstück zu waschen. Im Seepferdchen-Raum, wo das Frühstück schon auf sie wartet, setzen sich alle an den Tisch. Auch Frau Eilers und Frau Jacobs setzen sich dazu, um den Kleinsten zu helfen.

»Nun nehmt euch alle an den Händen, damit wir gemeinsam unseren Frühstücksspruch sagen können.« Als alle Kinder sich an den Händen halten, sagen sie wie im Chor ihren Spruch auf:

Ein kleiner Seehund schwimmt durchs Meer,
wo bekomme ich nur Fische her?
Zum Frühstücken bin ich gekommen,
aber wo ist der Hering hingeschwommen?
Ich glaube, den Hering kann ich vergessen,
werde dann heute nur Algen essen.

Guten Appetit!

Alle heben nun noch einmal die Hände hoch und rufen: »Guten Appetit!«, und fangen mit dem Essen an. Heute stehen Müsli, Obstsalat, Schwarzbrot, Mehrkornbrötchen, Käse und Honig auf dem Tisch. Zu Trinken bekommen die Kinder Milch, Kakao oder Orangensaft. Jedes Kind findet, was es gerne mag.

Als alle fertig sind und der Tisch abgedeckt ist, sagt Frau Eilers, die Lehrerin: »Jetzt zieht ihr euch alle warm an und ich hole die Laufleine.«

Die Laufleine ist ein langes Seil, an dem in gleichen Abständen immer eine Öse ist. An diesen Ösen müssen sich die Kinder festhalten und zwischen den Ösen hängen bunte, kleine Fähnchen.

»Wir sind doch keine kleinen Hunde, die man an die Leine legen muss!«, schimpft Mattes.

»Kleine Hunde seid ihr nicht«, sagt Frau Eilers lächelnd, »aber eine kleine Rasselbande, die wir im Auge behalten müssen. Wenn wir mit euch über die Straßen gehen, müsst ihr an einem solchen Seil laufen, sonst dürfen wir das Schulgelände nicht verlassen. Wir wollen doch alle wieder gesund vom Ausflug zurück kommen.«

»Die Älteren von euch, die dieses Jahr schon zur Schule müssen, sollten den Kleineren ein Vorbild sein«, sagt Frau Jacobs noch und hilft der kleinen Antje beim Anziehen.

Da wendet sich Geske an ihren Bruder und fragt: »Mattes? Kannst du meine Schuhe eben zubinden?« Mattes hilft ihr, ohne zu murren.

Nun kommt die Lehrerin mit dem Seil und jedes Kind und auch die Erwachsenen nehmen eine Öse in die Hand. Ganz vorne läuft Frau Jacobs, um die Richtung vor-

zugeben und am Ende geht Frau Eilers, um die Kinder zu beobachten. So geht es ab zum Tante-Emma-Laden von Frau Kruse.

Unterwegs auf dem Dorfplatz ruft der kleine Fritz: »Da ist mein Papa!«

Alle rufen wie aus einem großen Mund: »Moin, Herr Buskohl!«

Auch der Briefträger hat die kleine Gruppe gesehen und ruft über den Platz: »Moin! Ihr seht aus wie ein langer, lustiger, bunter Wurm. Ich finde es toll, wie ihr an der Leine spazieren geht«, und winkt den Kindern zu.

Nach etwa zehn Minuten kommt die Gruppe beim Tante-Emma-Laden an. Als die Ladentür aufgeht, fängt es im Laden an zu klingeln. Frau Kruse hört durch das Klingeln, dass Kundschaft gekommen ist. Die Kinder betreten, sich immer noch am Seil haltend, den Laden und rufen: »Guten Morgen, Frau Kruse!«

»Guten Morgen, Kinder!«, antwortet Frau Kruse. »Was kommt da denn für eine lange Kinderschlange in meine gute Stube?«

»Wir haben heute den Tante-Emma-Laden als Thema und würden gerne, wenn sie es erlauben, ihren Laden besichtigen!«, sagt Frau Jacobs.

»Aber gerne!«, antwortet Frau Kruse. »Das ist die richtige Werbung für die Kundschaft von morgen«, und beginnt zu lachen.

»Aber Antje, was machst du denn hinter dem Tresen?«, fragt die Lehrerin.

»Ich«, stottert Antje, »ich will nur einmal nachsehen, ob Frau Kruse dicke Waden hat.«

Alle fangen an zu lachen. Auch Frau Kruse muss lachen, denn sie kennt das Gedicht vom Tante-Emma-Laden auch. »Ich habe keine dicken Waden wie in dem Gedicht, nur abends dicke Füße vom vielen Stehen, Antje.«

Mit rotem Kopf kommt Antje wieder hinter dem Tresen hervor und stellt sich zwischen die lachenden Kinder.

»Frau Jacobs, sie können den Kindern ja alles zeigen, sie kennen sich hier bestens aus. Ich muss noch eben eine Bestellung für die Waren von morgen fertig machen.«

»Kann Frau Kruse denn nicht bei sich einkaufen?«, will Geske wissen.

»Nein, das geht nicht«, antwortet ihre Mutter. »Alles, was ihr hier seht, muss Frau Kruse auch erst alles in einem Großhandel einkaufen, um es dann wieder an uns zu verkaufen.«

»Aber woher weiß Frau Kruse denn schon heute, was wir morgen kaufen wollen?«, will Jelto wissen. »Müssen wir das auch immer vorher bestellen?«

»Wir müssen das nicht vorher bestellen«, antwortet Frau Jacobs. »Frau Kruse hat eine jahrelange Erfahrung und kann in etwa abschätzen, was und in welcher Menge etwas verkauft werden kann. Einige Teile werden innerhalb weniger Tage verkauft und andere erst nach Wochen oder Monaten. Manche Lebensmittel können verderben und müssen schnell verkauft werden. Der Spatenstiel für deinen Vater, Jelto, kann hier schon etwas länger liegen. Der kann ja nicht schlecht werden.«

»Aber der Holzwurm kann sich in dem Stiel einnisten!«, ruft Mattes dazwischen.

»So lange wird der Spatenstiel hier nicht liegen, Mattes«, antwortet seine Mutter. »Wenn wir nun einmal durch den Laden gehen, seht ihr verschiedene, kleine Abteilungen. Hier sind die Lebensmittel, dort die Haushaltsartikel und dahinten die Zeitschriften.«

Geske sieht ihre Mutter an und fragt: »Warum gibt es denn so viele Sorten Käse? Nur Butterkäse würde doch reichen.«

»Das reicht nicht, Geske«, sagt Frau Jacobs. »Du magst den Butterkäse gerne, aber andere Familien mögen lieber die anderen Sorten. Damit bei Frau Kruse nun viele Dorfbewohner und Urlauber zum Einkaufen kommen, muss sie auch ein großes Warenangebot haben. Wir lesen doch auch nicht alle die gleiche Zeitschrift, sondern jeder hat seinen eigenen Wunsch. Darum steht hier auch die Vollmilch und daneben der Kakao.«

Geske sieht ihre Mutter fragend an: »Warum ist denn nur die Packung mit der Milch voll und die mit Kakao nicht?«

Die Erwachsenen beginnen zu lachen und Geske wird von ihrer Mutter in den Arm genommen: »Geske, der Name Vollmilch bezieht sich auf den Inhalt der Packung und nicht auf die Menge. Vollmilch bedeutet, dass in dieser Milch mehr Fett ist, als in der Packung mit der Magermilch daneben.«

Die Lehrerin sieht durch die Eingangstür des Ladens, dass ein Urlauberpaar auf dem Weg zum Geschäft ist: »Wir werden uns ganz leise in die Ecke stellen und beobachten einmal, was die Urlauber wohl kaufen wollen und wie Frau Kruse etwas verkauft. Ihr müsst aber bitte ganz leise sein.«

Schon klingelt die Ladentürglocke und ein älteres Ehepaar betritt den Laden mit einem lauten: »Guten Tag!«

»Guten Tag!«, antworten auch die Kinder aus der Ecke.

Das Paar sieht sich kurz im Laden um und geht dann an den Verkaufstresen, zu Frau Kruse.

»Was kann ich für sie tun?«, fragt Frau Kruse die Urlauber freundlich.

»Ach, sind wir schon an der Reihe? Die Kinder waren doch vor uns hier!«, sagt die Frau und dreht sich zu den Kindern um.

»Das sind die Kinder aus unserem Kindergarten. Sie wollen das Geschäft besichtigen und sehen, wie hier etwas verkauft wird«, antwortet Frau Kruse.

»Wird mit den Kindern hier öfter ein Thementag gemacht?«, fragt der Mann.

»Aber klar doch!«, antwortet Mattes schlagfertig. »Wir bauen sogar Deiche im Kindergarten!«

»Und verursachen Deichbrüche!«, unterbricht ihn Jelto frech grinsend.

Alle fangen an zu lachen. Nur das Urlauberpaar weiß noch nicht warum, aber in kurzen Sätzen erzählt Frau Kruse den Gästen, was sich im Kindergarten abgespielt hatte. Nun lachen auch die Urlauber. »So etwas gibt es bei uns in Berlin nicht, schade.«

»Aber weshalb wir hier sind«, beginnt die Frau. »Wir hätten gerne ein ostfriesisches Teeservice für sechs Personen. Gestern haben wir aus einem weißen Service mit einer roten Blume den Tee getrunken. Dieses hat uns so gut gefallen, dass wir uns als Urlaubserinnerung aus „Klein Kluntje-Siel“ gerne eines mitnehmen würden. Haben sie vielleicht auch solch ein Teeservice in ihrem Geschäft?«

»Das Ostfriesenservice, mit der roten Rose, habe ich immer vorrätig. Auch wir Einheimischen trinken gerne aus diesen kleinen Tassen. Ich habe ein Geschirr da bei den Kindern in der Ecke aufgebaut. Sehen sie es sich doch eben an, ob es das Richtige ist. Ich habe es noch im Original verpackt im Lager stehen.«

Das Urlauberpaar geht in die Ecke, wo die Kinder stehen und sucht das Teeservice.

»Wo ist es denn?«, fragt die Urlauberin und sieht fragend zu Frau Kruse herüber.

»Es steht hier oben auf dem Regal«, antwortet Frau Jacobs und zeigt mit dem rechten Arm nach oben.

In diesem Moment sehen sich die Kinder an und rufen laut und deutlich im Chor: »Bei uns, da kann man alles kaufen.«

Das Urlauberpaar und Frau Kruse schrecken zusammen und fangen dann laut an zu lachen.

»Bei solchen netten Verkaufsmethoden können wir das ostfriesische Teeservice nur mitnehmen«, lacht der Mann. »Bei uns in Berlin habe ich so etwas noch nie erlebt. Das ist ja eine ganz neue Kundenwerbung. Wenn wir später zuhause beim Teetrinken sitzen, werden wir bestimmt noch oft an euch denken, Kinder.«

Mattes tritt auf die Urlauber zu und sagt: »Möchten sie auch noch einen Ostfriesenwitz hören?«

»Ja, gerne, kleiner Mann!«, sagt der Mann aus Berlin und sieht Mattes schmunzelnd und erwartungsvoll an.

Die Mutter von Mattes schüttelt mit dem Kopf und alle anderen warten gespannt darauf, was jetzt wohl kommt.

Mattes tritt einen Schritt vor und sieht die Urlauber mit einem schelmischen Blick an: »In einem ostfriesischen Dorf ist ein großer Menschenauflauf. Alle

Dorfbewohner strömen auf dem Dorfplatz zusammen. Nur ein Dorfbewohner kommt etwas später dazu und fragt: „Was ist denn hier los?" Sagt der andere: „Das musst du gesehen haben! Da geht ein piekfeines Paar an einem Werktag durch unser Dorf und die kennt keiner."«

Alle fangen laut an zu lachen und der Mann aus Berlin fragt ebenfalls lachend: »Du meinst uns doch nicht damit, kleiner Mann?«

»Nein!«, sagt Mattes etwas verlegen. »Mein Opa Klaas hat mir aber gesagt, wenn wir den Feriengästen Witze über Ostfriesen erzählen, werden sie kommen und ihr Geld bei uns ausgeben.«

Die Urlauber kommen aus dem Lachen nicht heraus. Nur Frau Jacobs bekommt einen roten Kopf vor Verlegenheit: »Ich möchte mich für meinen Sohn entschuldigen, er ist leider immer so direkt.«

»Das müssen sie nicht, gnädige Frau. Einen solchen Buben würden wir gerne öfters um uns haben. Der bringt die richtige Stimmung in das Alltagsleben«, amüsiert sich der Urlauber und nimmt seine Frau in den Arm.

Frau Kruse geht immer noch lachend ins Lager und kommt mit einem Karton zurück. »Darf es sonst noch etwas sein?«

»Nein, danke!«, sagt die Frau. »Das wäre alles.«

»Wenn sie aber in Berlin Tee aus dem schönen Service trinken wollen«, ruft Mattes in den Laden, »dann müssen sie doch auch unseren Ostfriesentee und Kandis mitnehmen! Einen so leckeren Tee werden sie in Berlin nicht bekommen und Kamillentee schmeckt nicht aus diesen hübschen Tassen.«

Die Urlauber fangen wieder herzhaft an zu lachen und der Mann sagt: »Dann geben sie uns auch noch je eine Packung Tee und Kandis mit. Ihre tolle Werbung durch die Kindergartenkinder wird sie noch berühmt machen.«

Das Urlauberpaar bezahlt nun seine Waren und geht mit einem freundlichen: »Auf Wiedersehen!«, zur Tür hinaus.

Alle Kinder und auch die Erwachsenen rufen den beiden noch ein lautes »Tschüs!« hinterher.

»Nun musst du wieder ein neues Teeservice bestellen«, sagt Geske. »Sonst hast du morgen, wenn wieder Urlauber kommen, keines mehr im Lager.«

Frau Kruse lacht und sagt: »Das werde ich machen, Geske, aber ihr müsst dann auch alle wiederkommen.«

»Das wollen wir gerne,« sagt die Lehrerin, Frau Eilers, »aber jetzt müssen wir wieder zum Kindergarten zurück. Die Eltern kommen gleich, um ihre Kinder abzuholen.«

»Moment!«, sagt Frau Jacobs, »Auch wenn es gleich Mittag ist, ich bekomme für jeden noch erst ein Eis. Das habe ich den Kindern und Frau Eilers versprochen.«

Nachdem alle ihr Eis bekommen haben, greifen sie mit der freien Hand nach dem Seil und machen sich auf den Weg.

»Ich werde euch die Tür aufhalten, sonst kommt der lange Schleckermundzug nicht hindurch«, lacht Frau Kruse. »Kommt bitte bald wieder, es war ein schöner Vormittag mit euch. Tschüs, Kinder!«

»Tschüs, Frau Kruse!«, rufen alle und gehen wie eine lange Schlickerschlange zurück zum Kindergarten, wo die Mütter bereits warten.

AUF DEM SPIELPLATZ

Es ist noch ruhig in „Klein Kluntje-Siel" und nur die Vögel zwitschern munter in den Bäumen. Alles wartet auf den Frühling und seine wärmende Sonne. Der Bäcker hat bereits seine frisch gebackenen Brötchen, die Milch und die Zeitungen an die Kunden verteilt, als am Horizont die Sonne, wie ein großer roter Ball, aufgeht. Leichte Nebelschwaden ziehen noch dicht am Boden über das Land, so dass auf den Weiden nur die Köpfe der Kühe gespenstisch zu sehen sind. Die Körper der Kühe stehen unsichtbar im Nebel. Einige Köpfe sind nur kurzzeitig zu sehen, denn sie senken sich schnell wieder zum Fressen in den Nebel herab. Es scheint ein schöner Tag zu werden und langsam beginnt in „Klein Kluntje-Siel" das Leben.

Auch bei der Familie Jacobs klingelt der Wecker, denn der Vater muss heute früh zur Arbeit. Nachdem sich die Eltern gewaschen und angezogen haben, ruft die Mutter laut durchs Haus: »Kinder! Oma! Aufstehen! Ich mache das Frühstück fertig!«

»Ja, wir kommen!«, rufen die Kinder noch verschlafen zurück.

Als die Mutter in der Küche ankommt, sieht sie Oma Eske beim Tee machen: »Guten Morgen, Oma! Du hast die Brötchen ja schon reingeholt und den Tisch gedeckt. Bist du schon lange auf?«

»Guten Morgen, Frauke! Ich konnte nicht mehr schlafen«, antwortet Oma Eske. »Da habe ich bei mir gedacht, heute mach ich mal das Frühstück. Der Tee ist auch gleich fertig.«

Mattes und Geske kommen noch im Nachthemd in die Küche und rufen: »Guten Morgen!«

Oma Eske und die Eltern antworten wie auf ein Kommando: »Guten Morgen, Kinder! Wollt ihr euch nicht anziehen? Ihr müsst doch gleich in den Kindergarten!«

»Nein!«, sagt Mattes frech grinsend. »Wir haben heute keinen Kindergarten, wir haben frei. Heute dürfen wir faulenzen.«

»Das habe ich schon wieder ganz vergessen«, antwortet die Mutter. »Aber bei schönem Wetter wollen wir uns doch mit den anderen um zehn Uhr auf dem Spielplatz treffen.«

»Ja, Mama, um zehn! Aber nicht jetzt vorm Frühstück. Wir haben noch so viel Zeit bis dahin«, antwortet Mattes und setzt sich an den Frühstückstisch.

Der Spielplatz in „Klein Kluntje-Siel" wurde von den Eltern des Dorfes selber mit den Kindern geplant und aufgebaut. Ein Bauer des Dorfes hatte ein Stück seiner Weide dafür zur Verfügung gestellt und die Väter der Kinder errichteten nach und nach mit ihren Kindern den Spielplatz. Ein Stück der Weide wurde als Bolzplatz eingerichtet. Hier können die Kinder Spiele spielen, bei denen man viel Platz benötigt, wie Fußball oder Drachen steigen lassen. Als Spielgeräte haben sie ein Baumhaus, eine Schaukel, zwei Wippen und einen großen Sandkasten. Auch an die Älteren hat man gedacht und Bänke aufgestellt. In einer Ecke des Platzes gibt es auch noch einen kleinen Grill für die Erwachsenen. Der Spielplatz ist längst ein Treffpunkt für Groß und Klein geworden.

Als gegen zehn Uhr die Mütter mit ihren Kindern beim Spielplatz eintrudeln, ziehen sich die Jungen zum Fußballspielen auf den Bolzplatz zurück und die Mädchen setzten sich auf die Schaukel. Die Mütter, die Zeit haben, setzen sich auf die Bank und betreuen während ihrer Gespräche die Kinder.

»Mama!«, ruft Geske plötzlich laut über den Platz. »Mama! Wir wollen auch mit den Jungs spielen!«

»Für kleine Mädchen ist das nichts!«, ruft Jelto zurück. »Mädchen heulen immer nur herum.«

»Wir werden gleich etwas gemeinsam machen!«, ruft Frau Janssen über den Platz. Sie unterhält sich kurz mit den anderen Müttern und fährt dann mit dem Fahrrad nach Hause.

»Kommt bitte einmal alle zu mir!«, ruft Frau Jacobs über den Platz und winkt mit dem Arm die Kinder zu sich herüber.

Die Mädchen kommen auch sofort begeistert angerannt, nur die Jungen zögern kurz und Tammo fängt gleich an zu meckern: »Wir wollen alleine spielen! Mit Mädchen ist alles blöd und wir hätten nur Langeweile.«

»So geht das nicht«, sagt Frau Jacobs mit ruhiger Stimme. »Im Kindergarten spielt und arbeitet ihr doch auch zusammen. Frau Janssen hat sich etwas Tolles überlegt, wir wollen einen Wettkampf machen.«

»Das können wir machen!«, ruft Mattes begeistert und lacht die Jungs an. »Die Jungs kämpfen gegen die Mädchen!«

»Das ist nicht gerecht!«, sagt seine Mutter. »Ihr seid doch mehr Jungen als Mädchen und viel stärker. Wir werden nun zwei Mannschaften bilden, die gegeneinander antreten sollen, wo Mädchen und Jungen gemischt vertreten sind.«

Da ruft Mattes schon laut über den Platz: »Tammo, Jelto und Tomke, ihr kommt zu mir!«

»Stopp!«, ruft Frau Jacobs. »Ich finde, wir sollten das anders entscheiden. Mattes und Tammo sind die ältesten und sollen die Mannschaften zusammenstellen. Jeder sucht sich nacheinander seine Mitspieler aus. Wer sich aber den ersten aussuchen darf, das soll ein Wettrennen entscheiden. Ihr beide werdet zu dem Baum dort hinten um die Wette rennen. Wer als erster wieder zurück ist, darf sich als erster einen Mitspieler aussuchen.«

Mattes und Tammo sind mit dem Vorschlag einverstanden und stellen sich an die Startlinie.

»Ich gebe das Kommando!«, ruft Jelto laut über den Platz:

»Auf die Plätze! - Fertig! - Los!«

Mattes und Tammo rennen los und werden durch das Geschrei der anderen Kinder angefeuert: »Schneller! Schneller!« Beide kommen gleichzeitig bei dem Baum an, schlagen mit der Hand dagegen und sprinten wieder zurück. Die Anfeuerungsrufe der Kinder werden immer lauter und lauter. Beide sind immer noch gleich schnell und rennen nebeneinander auf die Ziellinie zu. Doch kurz vor dem Ziel stolpert Mattes über einen Maulwurfshügel und Tammo kommt mit einem kleinen Vorsprung als erster durch das Ziel.

»Ich habe gewonnen!«, schnauft Tammo außer Atem.

Auch Mattes hat die Ziellinie nun erreicht und zeigt sich als guter Verlierer: »Tammo, du kannst dir nun zuerst einen Mitspieler aussuchen.«

Mattes und Tammo sind noch beim Auswählen ihrer Mitspieler, als Frau Janssen mit einem großen Sack wieder kommt: »Habt ihr schon zwei Mannschaften gebildet?«

»Ja, wir sind gleich fertig!«, rufen die Kinder wie aus einem Mund. »Was werden wir denn gleich spielen?«

»Wir spielen zuerst Sackhüpfen«, sagt Frau Janssen. »Ich habe hier zwei saubere Kartoffelsäcke, für jede Mannschaft einen. Aus jeder Gruppe wird sich ein Kind in den Sack stellen und bis zu Frau Jacobs dahinten hüpfen. Wenn ihr dort angekommen seid, hüpft ihr schnell wieder zurück. An der Ziellinie angekommen, kriecht ihr schnell aus dem Sack heraus und der nächste hinein. Nun hüpft dieser so schnell wie möglich wieder hin und her. Die Mannschaft, die mit all ihren Spielern als erste das Ziel erreicht, hat gewonnen. Ihr könnt euch nun noch besprechen, in welcher Reihenfolge ihr in eurem Team hüpfen wollt.«

Die Kinder stecken die Köpfe zusammen und legen die Reihenfolge innerhalb ihrer Gruppe fest. Dann nimmt sich jeweils das erste Kind einen Kartoffelsack, geht zur Startlinie und steigt in den Sack hinein. Nun warten alle gespannt auf den Start. Frau Janssen nimmt eine kleine Fahne und hebt diese hoch:

»Achtung, Kartoffelsäcke!«, ruft sie laut über den Platz. »Der Start beginnt bei drei! eins! - zwei! - drei!«

Bei drei senkt Frau Janssen die Fahne und das Sackhüpfen kann beginnen.

Die Kinder nehmen den Rand vom Kartoffelsack hoch und hüpfen los. Alle wartenden Kinder feuern ihre Mannschaft durch laute Zurufe an. Das erste Kind ist bereits beim Hüpfen umgekippt, steht aber sofort wieder auf und macht weiter. Bei Frau Jacobs angekommen, drehen sie sich in ihrem Sack herum und machen sich so schnell wie möglich wieder auf den Rückweg. An der Startlinie wird der Sackhüpfer von den anderen Kindern schnell aus dem Sack heraus gezogen und der nächste wieder in den Sack hinein gesteckt. Schon geht das Rennen weiter und die Kinder feuern sich gegenseitig an, indem sie laut die Namen der Hüpfenden rufen. Der Abstand zwischen den beiden Mannschaften ist immer noch sehr klein und somit ist das Rennen sehr spannend. Die Anfeuerungsrufe werden immer heftiger. Als letzte aus den beiden Gruppen kämpft gerade Geske gegen Edda und sie befinden sich auf der Zielgeraden. Edda hat einen kleinen Vorsprung und ist sich ihres Sieges schon fast sicher. Aber da lässt sie sich plötzlich auf die Seite fallen und Geske kann an ihr vorbei durchs Ziel hüpfen.

Die Mannschaft von Geske jubelt: »Wir haben gewonnen! Hurra! - Hurra!«

Das andere Team ist enttäuscht und sieht zu Edda hinüber. Edda sitzt auf dem Rasen und beginnt plötzlich laut zu schimpfen: »Welches Schwein hat das denn gemacht?!«

Frau Jacobs und Frau Janssen rennen zu Edda hin und fragen besorgt: »Was ist mit dir passiert? Hast du dich verletzt?«

»Nein!«, schimpft Edda erregt mit einem hochroten Kopf. »Wenn ich mich nicht zur Seite geschmissen hätte, wäre ich genau in den Hundehaufen gesprungen. So eine Sauerei!«

Frau Janssen und Frau Jacobs helfen Edda hoch und beruhigen sie erst einmal: »Es ist dir doch nichts passiert, du hast es doch zum Glück noch früh genug gesehen.«

»Hättest ja darüber weghüpfen können!«, ruft Tammo laut über den Platz. »Dann hätten wir gewonnen!«

»Das ist doch nur ein Spiel«, sagt Frau Jacobs tröstend. »Ihr könnt doch das nächste Spiel gewinnen, es ist doch noch nichts verloren.«

»Ich spiele hier nicht mehr!«, schimpft Edda immer noch.

»Ich nehme den Hundehaufen mit der Schaufel weg und dann ist alles wieder gut«, sagt Frau Janssen und streicht Edda mit der Hand beruhigend über den Kopf.

»Aber zur Vorsicht werden wir den Platz noch absuchen«, sagt Frau Jacobs. »Ihr stellt euch alle nebeneinander auf und dann gehen wir einmal von rechts nach links über den ganzen Platz. Wer noch einen Hundehaufen findet, der ruft "hier" und Frau Janssen entsorgt ihn dann mit der Schaufel.«

Nun stellen sich alle Kinder in einer Reihe auf und gehen suchend über den Bolzplatz. Zuerst findet Mattes einen zweiten Hundehaufen und ruft laut: »Hier hat auch ein Hund geschissen!«

Frau Jacobs ist mit dieser Wortwahl nicht einverstanden und ruft über den Platz: »Mattes! Das kann man auch anders sagen!«

Ein paar Schritte weiter ruft Jelto: »Hier hat auch ein Hund etwas verloren, Frau Jacobs!« Alle fangen an zu lachen und suchen weiter.

So finden die Kinder insgesamt vier Hundehaufen und alle regen sich darüber auf, dass jemand auf einem Spielplatz seinen Hund sein Geschäft machen lässt. Auch die Frauen überlegen, wem im Dorf sie so etwas zutrauen könnten. Aber es fällt ihnen niemand ein.

Tammo, Jelto, Tomke und Mattes stecken auch die Köpfe zusammen und grübeln, wie sie das wohl heraus bekommen könnten. Da hat Mattes eine Idee: »Wir treffen uns heute Nachmittag wieder hier und spielen Detektiv. Wir verstecken uns hinter den Büschen und beobachten, wer das gemacht hat.«

Alle sind dafür und verabreden sich um vierzehn Uhr auf dem Spielplatz. In diesem Moment ruft Frau Janssen: »Lasst uns jetzt mit den Spielen weiter machen. Ich habe vier Esslöffel und zwei Tennisbälle mitgebracht. Wie beim Sackhüpfen geht es einmal hin und wieder zurück, aber nun bekommt jeder Läufer einen Esslöffel in die Hand. Auf diesen Esslöffel legen wir den Tennisball. Der Ball soll nun mit dem Löffel transportiert und im Ziel dem nächsten Läufer auf seinen Löffel gelegt werden. Der Tennisball darf aber mit der Hand nicht berührt werden. Auch wenn ihr den Ball verlieren solltet, dürft ihr ihn nur mit dem Esslöffel wieder hochheben. Habt ihr das verstanden, Kinder?«

»Ja!«, rufen alle Kinder begeistert und rennen schon zum Start. Die ersten beiden Kinder nehmen den Löffel in die Hand und legen einen Tennisball darauf. Jetzt warten alle gespannt auf das Startsignal.

Frau Janssen hebt erneut die Fahne hoch und ruft laut über den Spielplatz:

»Auf die Plätze! - Fertig! - Los!«

Jelto rennt sofort los, aber verliert wegen seiner Unruhe beim Rennen den Ball. Er hebt den Tennisball mit dem Esslöffel wieder auf und will weiter laufen. Aber schon nach ein paar Schritten hat er den Ball wieder verloren. »Das geht nicht!«, schimpft Jelto und will schon mit einem roten Kopf aufgeben.

»Du musst nicht rennen, sondern langsamer laufen! So wie Tomke!«, ruft seine Mannschaft über den Platz.

Tomke läuft mit langen, ruhigen Schritten über die Wiese und hat sich so schon einen großen Vorsprung erkämpft. Ihre Gruppe feuert sie mit lautem Zurufen an: »Tomke! Tomke!«

Jetzt versucht es auch Jelto mit etwas mehr Ruhe, aber mit einem großen Vorsprung erreicht Tomke inzwischen das Ziel und übergibt Geske den Ball: »Du musst ganz langsam laufen«, flüstert Tomke der kleinen Geske als Tipp ins Ohr.

Geske läuft, als ob sie spazieren ginge. Den Löffel hält sie ruhig in der Hand und verliert den Ball nicht einmal. Die andere Gruppe kann dadurch etwas aufholen, aber Geske kommt trotzdem vor ihrem Mitstreiter ins Ziel. Hier übergibt sie ihrem Bruder den Ball. Mattes ist vom Ehrgeiz gepackt und rennt sofort los. Nach etwa zehn Schritten hat Mattes den Ball verloren und muss ihn mit dem Löffel wieder aufheben.

»In der Ruhe liegt die Kraft!«, ruft Geske ihrem Bruder über den Platz zu. »Denk an die Worte von Opa Klaas!«

Nun muss sogar Mattes lachen. Er nimmt den Ball wieder auf den Löffel und geht wie Tomke, mit großen Schritten, aber ruhig weiter.

»Habe ich dir doch gesagt!«, ruft Geske ihrem Bruder zu. »Wenn du mich nicht hättest!«

Frau Janssen fängt an zu lachen: »Geske hat schon fast die gleichen Sprüche drauf wie Mattes. Ich glaube, bei euch gibt es keine Langeweile.«

Frau Jacobs schmunzelt: »Langeweile kennen wir zuhause wirklich nicht und den Einfluss von Opa Klaas kann man nicht verhindern.«

Nun sind die beiden letzten Läufer mit dem Ball unterwegs. Es ist ein Kopf an Kopf Rennen und beide kommen gleichzeitig durch das Ziel.

»Das Spiel ist unentschieden!«, ruft Frau Janssen. »Ihr habt alle gewonnen und jeder bekommt einen Punkt. Die Gruppe von Mattes führt jetzt zwei zu eins.«

»Ein Spiel wollen wir noch machen!«, rufen alle Kinder begeistert.

Die Mütter überlegen kurz und sagen dann: »Wir wollen aber bei diesem Spiel auch mitmachen. Wir werden das Seil ziehen. Jede Gruppe nimmt ein Seilende in die Hand und wir werden versuchen, uns gegenseitig über die Linie zu ziehen.«

»Mama, du kommst zu uns!«, ruft Geske ihrer Mutter laut zu.

Jede Mannschaft nimmt ein Seilende in die Hand und geht in die Startposition. In diesem Moment kommt der Briefträger, Herr Buskohl, vorbei und sieht das Treiben.

»Hallo Kinder!«, ruft Herr Buskohl. »Ich werde den großen und kleinen Kindern das Startkommando geben.« Mit den großen Kindern meint er die Mütter, denn diese warten schon genauso gespannt auf das Startsignal wie die Kinder.

»Das Seil bitte langsam strammziehen!«, ruft Herr Buskohl über den Platz.

Nachdem das Seil stramm und der Abstand zur Linie für beide Gruppen gleich ist, gibt Herr Buskohl ganz laut das Kommando:

»Achtung! - Zieht an!«

Alle stemmen ihre Füße in den Rasen und legen ihren Oberkörper zurück. Durch starkes Zerren und unter lauten Rufen versuchen sich die Mannschaften gegenseitig über die Linie zu ziehen. Es geht immer etwas hin und her, aber es ist keine Gruppe dabei, die stärker ist. Nun sind auch die anderen Mütter gekommen, um ihre Kinder abzuholen. Sie stellen sich an das Spielfeld und versuchen durch lautes Anfeuern ihre Kinder zu unterstützen. »Ziehen! – Ziehen!« hallt es über den Spielplatz. Selbst Opa Meier, ein Rentner, der gerade spazieren geht, hört das Gejohle auf der Straße und gesellt sich dazu.

Opa Meier, wie die Kinder immer liebevoll zu ihm sagen, stellt sich zwischen die schreienden Mütter und fragt: » Ist hier ein Sportfest vom Kindergarten?«

»Nein«, antworten diese, »aber das Spiel der Kinder ist ansteckend. Wir würden am liebsten auch mit ziehen.«

»Dann müsst ihr aber ein dickeres Seil nehmen«, sagt Opa Meier. »Dieses Seil ist dafür viel zu dünn.«

Opa Meier hat es gerade ausgesprochen, da gibt es einen lauten Schrei. Das Seil ist in der Mitte gerissen und beide Mannschaften purzeln nach hinten über den Rasen. Die Mütter und Kinder waren so konzentriert beim Ziehen, dass sie sich erschraken, als das Seil riss. Nur die Zuschauer und Herr Buskohl brechen in ein lautes Gelächter aus.

»Ihr habt alle gewonnen!«, ruft Herr Buskohl laut über den Platz, »Bei diesem Spiel hat das Seil verloren!«

Das Gelächter hört gar nicht auf, selbst die erschrockenen Mitspieler fallen in das Lachen mit ein.

»Jetzt müsst ihr euch erst einmal stärken«, lacht Opa Meier. »Ich komme gerade vom Tante-Emma-Laden und alle Kinder bekommen nun einen Apfel von mir.«

»Danke!«, rufen die Kinder begeistert und beißen in die roten, saftigen Äpfel hinein.

Die Mütter, die zugesehen haben, räumen nun gemeinsam alle Spielsachen wieder in den Sack und gehen dann mit ihren Kindern nach Hause.

»Mattes! Kommst du?«, ruft Frau Jacobs laut über den Spielplatz.

»Ich komme gleich nach, Mama! Ich will Opa Meier noch etwas fragen!«

»Mattes, was hast du denn auf dem Herzen?«, fragt Opa Meier, der immer gerne für die Kinder da ist. Opa Meier hat vor vier Jahren seine Frau verloren und freut sich über jede Gelegenheit, mit den Kindern Kontakt zu haben.

»Opa Meier?«, fragt Mattes etwas zögerlich. »Du bist doch früher Polizist gewesen?«

»Ja, Mattes, aber das ist lange her. Hast du etwa etwas ausgefressen?«

»Nein! Ich möchte dich fragen, ob du mir ein paar Tipps geben kannst?«

»Ich werde es versuchen, Junge. Worum geht es denn?«

Mattes beginnt nun Opa Meier zu erzählen, wie sie die Hundehaufen auf dem Spielplatz gefunden haben und dass er mit den anderen heute Nachmittag versuchen will, den Verursacher zu überführen. Opa Meier kann sich auch nicht vorstellen, wer das wohl gemacht haben könnte. In einem kurzen Gespräch gibt er Mattes viele Ratschläge mit auf den Weg, wie man eine solche Überwachung des Spielplatzes gestalten kann.

»Wenn ihr etwas herausfindet, oder Hilfe benötigt, könnt ihr mich ja ansprechen. Ich helfe euch Detektiven gerne«, sagt Opa Meier und geht mit Mattes ins Dorf zurück.

»Danke für die Tipps, Opa Meier, ich werde dich informieren«, sagt Mattes und geht nach Hause.

Nach dem Essen sitzt Mattes ungeduldig in der Küche und wartet darauf, dass es vierzehn Uhr wird. Bereits eine halbe Stunde zu früh geht er zum Spielplatz und überlegt, wer sich wo am besten verstecken kann. Man will den ganzen Spielplatz überblicken können, damit auch jede Ecke beobachtet ist.

Als alle Kinder auf dem Spielplatz angekommen sind, übernimmt Mattes das Kommando: »Ich habe mich mit Opa Meier beraten und für jeden ein Versteck ausgesucht, von dem aus wir den ganzen Spielplatz im Auge behalten können. Wir wollen aber nur feststellen, wer das macht. Auch wenn wir den Verursacher sehen, bleiben wir im Versteck und beraten uns danach. Wollen wir das so machen?«

Alle stimmen diesem Vorschlag zu und gehen an ihren Platz. Es vergeht eine ganze Weile und es passiert gar nichts. Die Kinder werden schon unruhig in ihren Verstecken. Aber da kommt Frau Müller mit ihrem Pudel Cora auf den Spielplatz. Sie setzt sich auf eine Bank in die warme Frühlingssonne und hält ihren Pudel an einer langen Hundeleine. Der Pudel läuft hin und her. Beinahe hätte er Tomke bemerkt, aber durch einen Ruf von Frau Müller wird er abgelenkt und geht wieder auf den Rasen zurück. Nach etwa fünf Minuten setzt sich der Pudel in das Gras und erledigt sein Geschäft.

»Das hast du aber fein gemacht, Cora«, lobt Frau Müller ihren Hund.

Die Kinder freuen sich schon, den Übeltäter erwischt zu haben. Sie winken sich aus den Verstecken heraus zu, dass das wohl ein voller Erfolg gewesen ist.

Aber da steht Frau Müller von ihrer Bank auf und holt eine Plastiktüte heraus: »Dann wollen wir dein Häufchen schnell entfernen, damit die Kinder hier wieder spielen können«, sagt sie liebevoll zu ihrem Pudel und säubert den Tatort.

Die Kinder in ihren Verstecken halten es auf der einen Seite für gut, dass Frau Müller alles wieder reinigt. Aber auf der anderen Seite hätten sie sich auch sehr gefreut, den Übeltäter so schnell zu überlisten. Frau Müller geht mit ihrem Pudel und der gefüllten Plastiktüte wieder vom Spielplatz und das Warten beginnt von neuem. Den Kindern werden die Beine schon steif von ihrer geduckten Haltung auf ihren Beobachtungsposten.

»Sollen wir für heute aufhören?«, fragt Tomke leise aus ihrem Versteck heraus.

»Ich habe auch keine Lust mehr«, flüstert Jelto. »Wir können es doch morgen noch einmal versuchen.«

»Ruhe! Es kommt jemand mit einem Hund«, flüstert Mattes.

Alles ist wieder ruhig in den Verstecken und wartet gespannt darauf, wer jetzt wohl kommt. Nach dem Bellen muss es ein größerer Hund sein, denn es klingt laut und kräftig. Da erkennt Tomke, dass es Opa Fritzen mit seinem Bello ist. „Opa Fritzen ist ganz lieb", denkt Tomke bei sich. „Aber Bello ist ein Boxer und vor dem habe ich etwas Angst." Tomke nimmt aber allen Mut zusammen und beobachtet die beiden. Sie ist ganz erleichtert, dass Opa Fritzen nun mit Bello in Tammo's

Richtung geht. Tomke entspannt sich langsam wieder und denkt: „Gut, dass Opa Fritzen weiterläuft. Tammo wird bestimmt nicht zugeben, dass er Angst vor Bello hat, höchstens Respekt."

Doch als Tammo die beiden auf sich zukommen sieht, wird auch ihm etwas mulmig in der Bauchgegend. Als Opa Fritzen mit Bello an seinem Versteck vorbei kommt, fängt Bello plötzlich an, an der Hundeleine zu ziehen und bellt. Nun wird es Tammo ganz anders in seinem Versteck, denn er sieht genau in die Sabberschnauze von dem großen Boxer. „Ich muss ruhig bleiben", denkt Tammo ängstlich bei sich. „Hoffentlich geht Opa Fritzen jetzt weiter. Die anderen sollen doch nicht merken, dass ich Angst habe."

»Hierher, Bello!«, ruft Opa Fritzen und zieht an der Hundeleine. »Lass die armen Kaninchen in Ruhe, die haben dir nichts getan.«

Als Bello sich vom Versteck entfernt, ist Tammo erleichtert und atmet erst einmal tief durch. Die anderen Kinder haben alles ganz genau beobachtet und sind stolz auf Tammo, dass er sich nicht verraten hat. Alle schauen nun gespannt zu Opa Fritzen und Bello. Diese laufen über den Bolzplatz zum Rand des Platzes und da setzt sich der Boxer hin. Nachdem Bello seinen Hundehaufen gemacht hat, sieht Opa Fritzen noch einmal in die Runde. Er fühlt sich unbeobachtet und sagt leise: »Komm, Bello, wir gehen nach Hause.« Opa Fritzen sieht sich noch einmal um, aber er kann niemanden sehen und geht.

Als die Luft wieder rein ist, kommen die Kinder aus ihrem Versteck heraus. »Da hast du noch einmal Glück gehabt, Tammo«, sagt Mattes. »Ich glaube, ich wäre nicht so ruhig geblieben. Ich hätte Angst vor Bello gehabt.«

Auch Jelto und Tomke stimmen Mattes zu und klopfen Tammo auf die Schulter. »Das war sehr mutig von dir.«

»Ach, so schlimm ist es doch nicht gewesen«, antwortet Tammo mit leiser, zittriger Stimme und fragt Mattes: »Und was machen wir nun?«

»Wir gehen nun alle zu Opa Meier und beraten mit ihm, was wir jetzt am besten tun. Ich traue es mir auch nicht zu, Opa Fritzen vor Bello anzusprechen.«

Die Kinder rennen durchs Dorf zu Opa Meier und klingeln an seiner Haustür.

»Hattet ihr Erfolg?«, fragt der ehemalige Polizist.

»Ja!«, rufen die Kinder alle durcheinander und jeder fängt aufgeregt an zu erzählen.

»So verstehe ich nichts«, sagt Opa Meier. »Kommt doch erst einmal herein, ihr Detektive, und erzählt alles in Ruhe.«

Drinnen setzen sich alle an den Küchentisch und die Kinder erzählen, was sie gesehen und erlebt haben.

»Das hätte ich von Herrn Fritzen nicht gedacht«, sagt Opa Meier. »Der ist sonst immer so genau und sauber, ich verstehe das nicht.«

»Aber was machen wir denn jetzt, Opa Meier?«, will Mattes wissen.

»Ich werde mit euch zu Herrn Fritzen gehen und dann werden wir mit ihm reden.«

Opa Meier zieht seine Jacke an und setzt sich die Mütze auf: »Dann lasst uns sehen und hören, was Herr Fritzen zu eurer Beobachtung sagt.«

Wie ein Einsatzkommando machen sie sich auf den Weg. Opa Meier geht als Kommissar voraus und seine vier Detektive gehen hinter ihm her. Bei Opa Fritzen angekommen, drückt Herr Meier den Klingelknopf. Von drinnen hört man Bello schon laut bellen und Herr Fritzen ruft: »Ruhe, Bello! Es ist doch nur Besuch an der Tür!«

Die Kinder verstecken sich schnell hinter dem Rücken von Opa Meier, als die Tür langsam aufgeht.

»Moin!«, sagen beide Opas fast zur gleichen Zeit und dann kommt noch ein leises »Moin« hinter Opa Meiers Rücken hervor.

»Hallo, Kinder!«, sagt Opa Fritzen und beugt sich etwas vor, um an Opa Meier vorbei zu sehen. »Warum versteckt ihr euch denn? Ich beiß doch nicht und mein Bello auch nicht. Ihr müsst keine Angst haben.«

»Dass sie das wissen, verstehe ich, aber ob Bello das auch so sieht, das wissen wir leider nicht«, antwortet Mattes ganz leise und verschüchtert, immer noch hinter Opa Meiers Rücken versteckt.

Beide Opas fangen an zu lachen. »Können wir kurz miteinander reden? Die Kinder haben etwas auf dem Herzen«, sagt Opa Meier.

»Kommt doch alle herein. Den Hund sperre ich solange in das Badezimmer, wenn ihr Angst habt.«

Als sich alle die Jacken ausgezogen haben, setzen sie sich in die Stube an den großen Tisch und Opa Meier beginnt das Problem der Kinder zu erzählen. Vom Sackhüpfen mit den gefundenen Hundehaufen und den anschließenden Beobachtungen vom Nachmittag auf dem Spielplatz.

Opa Fritzen bekommt einen roten Kopf und sieht ganz bedrückt auf den Tisch: »Ich, ich möchte mich dafür entschuldigen. Wir sind doch immer ganz an den Rand des Bolzplatzes gegangen. Wie kann ich das nur wieder gutmachen?«

Mattes nimmt nun seinen ganzen Mut zusammen und sagt: »Frau Müller entfernt den Hundehaufen immer mit einer Plastiktüte. Das können sie doch auch so machen.«

»Das habe ich auch immer so gemacht. Aber nun habe ich ein Alter erreicht, in dem ich mich mit meinem Rücken nicht mehr so bücken kann. Ich wollte Bello schon in ein Tierheim geben, aber ich hänge so an ihm. Ich habe doch sonst niemanden«, antwortet Opa Meier mit leiser Stimme und sieht traurig auf den Tisch.

Alle im Raum sind plötzlich ruhig. Es ist eine unheimliche Stille in der Stube, die nur von dem Bellen von Bello unterbrochen wird.

»Das haben wir doch alle nicht gewusst«, sagt Mattes bedrückt. »Da muss es doch eine Lösung geben, Opa Meier. Was kann Opa Fritzen denn jetzt tun?«

Alle sitzen still am Tisch und suchen verzweifelt nach einer Lösung. So vergehen einige Minuten in gedämpfter Stimmung. Da sagt Opa Meier plötzlich: „Es gibt da eine Möglichkeit. Aber ihr Kinder müsst mir dabei helfen.«

»Wie wollt ihr mir denn helfen?«, sagt Opa Fritzen ganz betreten. »Ich und auch mein Bello sind schon alt. Doch irgendwann kommt die Zeit, dann geht es nicht mehr. Alles hat eben irgendwann ein Ende.«

»Den Zeitpunkt werden wir aber nach hinten verschieben!«, sagt Opa Meier energisch. »Ich mache euch einen Vorschlag und ihr stimmt darüber ab.«

Alle sehen gespannt auf Opa Meier. Was für eine Lösung mag er wohl gefunden haben?

»Ich bin auch schon etwas älter und alleine. Aber ich hätte die Zeit, mit Bello zweimal am Tag spazieren zu gehen. Die Spaziergänge mache ich ja doch jeden Tag. Ob ich nun mit oder ohne Bello gehe, das ist doch egal. Dann habe ich unterwegs auch etwas Unterhaltung.«

Mattes fällt Opa Meier ins Wort: »Und wenn du Opa Fritzen auf deinem Spaziergang mit Bello auch noch mit nimmst, dann hast du auch noch einen guten Freund gefunden, mit dem du reden kannst.«

Alle fangen an zu lachen und sagen: »Das ist die beste Idee des Tages.«

»Aber wobei können wir denn noch helfen, Opa Meier?«, will Tomke wissen. »Bei diesem Vorschlag müssen wir doch nicht zustimmen.«

»Einen kleinen Haken gibt es noch«, sagt Opa Meier. »Wenn ich einen Nachmittag mal nicht kann, dann müsst ihr mit Bello spazieren gehen.«

Die Kinder sehen sich an und sagen wie aus einem Mund: »Das werden wir machen!«, und von Jelto kommt noch eine leise Bemerkung: »Aber nur wenn Bello mich nicht beißt.«

Ein lautes Gelächter bricht in der Stube aus. »Mein Bello beißt keine Kinder, der ist so lieb. Er bellt gerne mal, aber das tut er nur, um seine Freude zu zeigen«, sagt Opa Fritzen. »Wollt ihr das denn wirklich für uns tun?«

»Ja!«, rufen alle wie aus einem Mund: »Beschlossen ist beschlossen und so wird es nun gemacht.«

»Ich bin so froh«, sagt Opa Fritzen erleichtert. »Darauf müssen wir erst einmal einen trinken.«

Die Kinder sehen Opa Fritzen entgeistert an. »Wir dürfen keinen Alkohol, Opa Fritzen!«, sagt Mattest entrüstet. »Das sagt meine Oma Eske immer, wenn sie ein Glas Rotwein haben möchte!«

»Keinen Alkohol, Mattes, ich wollte heißen Kakao mit Schlagsahne machen. Oder dürft ihr den auch nicht? Wir Opas trinken das immer, wenn wir von draußen kommen und uns aufwärmen wollen.«

»Ja«, sagt Mattes, »den können wir nun auch vertragen. Mein Opa Klaas sagt immer: „Was für kleine Kinder gut ist, kann Oma und Opa nicht schaden.“«

Opa Fritzen geht laut lachend in die Küche und ruft noch: »Ich werde Bello nun aus dem Bad lassen, ihr müsst keine Angst haben!«

Als Opa Fritzen mit einem Tablett voller Kakaotassen wieder in die Stube kommt, wird er von seinem besten Freund Bello begleitet. Dieser beschnuppert erst einmal die Kinder und legt sich dann in seinen Hundekorb neben dem Stubenschrank.

»Bello ist ja wirklich ganz lieb«, sagt Jelto leise.

Alle am Tisch müssen lachen und Bello gibt auch durch Bellen seine Meinung dazu.

»Das war ein erfolgreicher Tag!«, sagt Mattes. »Der Spielplatz bleibt nun hundehaufenfrei, wir haben erfolgreich Detektiv gespielt, eine gute Lösung für Opa Fitzen's Problem gefunden und zwei Opas aus unserem „Klein Kluntje-Siel“ werden nun gute Freunde.«

Die Kinder sind stolz auf sich, denn sie werden von Opa Fritzen und Opa Meier für ihren Einsatz gelobt. Beim Abschied nimmt Opa Fritzen noch jedes Kind in den Arm und bedankt sich noch einmal für die liebe Hilfe.

»Tschüs, Kinder! Kommt gut nach Hause und grüßt eure Eltern von mir.«

»Tschüs, Opa Fritzen und Opa Meier!«, rufen die Kinder beim Gehen. »Wir kommen bald wieder!«

Die Kinder gehen nun schnell nach Hause, denn es ist spät geworden und die Eltern werden bestimmt schon warten. Mattes soll immer bis 17:00 Uhr wieder zu

Hause sein oder zumindest anrufen, wo er steckt. Er hat schon ein schlechtes Gewissen, denn bei der Aufregung hat er die Zeit ganz vergessen und auch das Telefonieren. Als Mattes daheim in die Küche stürmt, erzählt er seinen Eltern, was aus ihrem Detektivspiel geworden ist und dass sie dabei die Uhrzeit ganz aus den Augen verloren haben.

Die Eltern sind nicht böse, denn Herr Meier hat bei den Eltern angerufen und gesagt, dass die Kinder auf dem Weg nach Hause sind. Über das Ergebnis des Detektivspieles sind die Eltern überrascht. Und sie sind sprachlos, dass selbst in einem kleinen Ort wie „Klein Kluntje-Siel", wo sich jeder kennt, das Problem von Opa Fritzen nicht erkannt wurde. Aber vielleicht hätte Opa Fritzen auch offen über sein Problem reden sollen, dann hätte er bestimmt schon eher Hilfe oder Unterstützung bekommen.

* DIE SCHÜLERPRAKTIKANTIN *

Ein neuer Tag und ein neuer Monat beginnen in „Klein Kluntje-Siel". Der Regen klopft an die Fensterscheiben und der Wind weht um das Haus. Es ist ein Montag, der ungemütlicher nicht anfangen kann. Oma Eske macht schlechtgelaunt das Frühstück für die Familie und ruft mürrisch durchs Haus: »Aufstehen! Das Frühstück steht auf dem Tisch!«

»Guten Morgen, Oma! Was ist dir denn über die Leber gelaufen?«, will Mattes wissen und grinst seine Oma frech von der Seite an.

»Guten Morgen!«, mischt Geske sich ein, »Oma hat schlecht geschlafen.«

»Setzt euch hin und frühstückt!«, murrt Oma Eske. »Mir ist nichts über die Leber gelaufen und schlecht geschlafen habe ich auch nicht! Ich wollte heute in den Garten gehen und nun seht einmal aus dem Fenster. Bei dem miesen Wetter kann ich draußen nichts machen!«

»Opa Klaas hätte jetzt gesagt«, meldet sich Mattes zu Wort, »bei dem Wetter muss ich keinen Rasen mähen und stauben tut es auch nicht. Der Tag wird ruhig verlaufen, denn den betrachte ich entspannt vom Sofa aus durchs Fenster bei einem Tee mit einer Zeitung.«

Mattes Eltern schmunzeln vor sich hin und warten schon auf den nächsten

Spruch von Mattes, denn wenn er schon so anfängt, macht er auch so weiter. Mattes ist immer noch steigerungsfähig.

»Oma«, sagt Mattes leise zu Oma Eske, »du hast eine dicke Spinne auf dem Kopf sitzen.«

»Nimm die Spinne bitte schnell weg! Bitte Geske, hilf du mir schnell«, bettelt Oma Eske.

Eske springt sofort auf und sucht in den Haaren von ihrer Oma nach der Spinne. »Ich kann keine Spinne finden, Oma.«

»Aber ich habe sie doch gesehen!«, sagt Mattes überzeugend. »Du musst weitersuchen, Geske!«

Die Eltern beginnen nun laut zu lachen und Oma Eske fragt: »Warum lacht ihr so, habt ihr die Spinne gesehen?«

Da springt Mattes vom Stuhl auf, streckt die Arme nach oben und ruft: »April! April! Wir haben heute den ersten April!«

Oma Geske sieht Mattes an und sagt: »Reicht es nicht, das der Tag schon so verregnet anfängt! Nein, da muss man sich von solch einem frechen Lausbuben auch schon am frühen Morgen auf den Arm nehmen lassen.«

»Oma, auf den Arm kann ich dich nicht nehmen, du bist mir viel zu schwer. Aber etwas Spaß am frühen Morgen kann doch nicht schaden.«

Alle am Tisch müssen lachen und frühstücken kopfschüttelnd weiter. Geske und Mattes freuen sich schon auf den Kindergarten. Heute soll eine Schülerpraktikantin aus Emden kommen und mit Frau Buskohl die Kindergartenkinder betreuen.

»Mama?«, fragt Mattes. »Kennst du die Praktikantin, die heute in den Kindergarten kommt?«

»Nein Mattes, die kenne ich nicht. Aber nerve sie nicht gleich mit deinen Streichen, sonst geht sie sofort wieder weg. Sie soll doch vier Wochen bei euch bleiben.«

»Wie ich Mattes kenne, wird sie gleich wieder ihre Koffer packen«, lacht Oma Eske. »Solche Lausbuben kann keine Praktikantin ertragen.«

Das will Mattes nicht so auf sich sitzen lassen und macht den Mund auf und zu, als ob er reden würde.

»Was hast du gesagt?«, fragt Oma Eske. »Ich glaube, mein Hörgerät ist defekt. Gerade hat es aber doch noch funktioniert.«

Mattes macht wieder den Mund nur auf und zu. Die Eltern und auch Geske fangen an zu grinsen.

»Was hat Mattes erzählt?«, will Oma Eske wissen und dreht den Knopf für die Lautstärke an ihrem Hörgerät hin und her.

»April! April!«, lacht Mattes. »Ich habe nichts gesagt, nur den Mund auf und zu gemacht.«

»Nun ist aber Schluss!«, schimpft Mattes Mutter. »Du kannst Oma doch nicht dauernd ärgern! Ihr geht gleich in den Kindergarten und ich kann dann Omas schlechte Laune ausbaden.«

»Ach!«, sagt Oma Eske. »Mattes hat die richtige Strafe heute Morgen schon bekommen.«

»Was habe ich denn für eine Strafe bekommen?«, will Mattes wissen und sieht seine Oma mit großen Augen fragend an.

»Heute Morgen war Herr Buskohl schon an der Tür und hat einen Eilbrief gebracht. Er ist vom Schulamt und die haben geschrieben, dass Mattes noch nicht reif für die Schule ist. Er soll lieber noch ein Jahr im Kindergarten bleiben, denn dort wäre er besser aufgehoben.«

»Das können die doch nicht mit mir machen!«, schimpft Mattes. »Ich war doch zur Untersuchung beim Gesundheitsamt und der Arzt hat gesagt, dass alles in Ordnung ist. Wo hast du den Brief denn hingelegt, Oma Eske?«

»Er liegt in der Stube auf dem Tisch«, sagt Oma Eske mit ernstem Gesicht. »Es ist der blaue Brief.«

Mattes springt vom Tisch auf und rennt in die Stube. Er sucht den Brief überall, kann ihn aber nicht finden. Da ruft Oma Eske lachend aus der Küche: »April! April!«

Alle fangen laut an zu lachen und rufen: »So ist das mit den Streichen Mattes, wenn es einen dann einmal selber trifft.«

Das muss Mattes nun erst einmal verarbeiten und sagt dann: »Opa Klaas sagt dann immer: „Wer austeilt, muss auch selber einstecken können.“«

»So, nun beeilt euch, Kinder! Es wird Zeit, in den Kindergarten zugehen«, sagt die Mutter und schenkt noch schnell eine Tasse Tee nach.

»Dürfen wir unseren Ostfriesennerz anziehen, Mama?«, fragt Geske.

Der Ostfriesennerz ist eine leuchtend gelbe Wetterjacke aus Polyester. Sie hat eine große Kapuze und ist sehr wasserdicht. Fast jeder Ostfriese hat eine solche Jacke zu Hause und auch die Feriengäste kaufen sie im Tante Emma-Laden immer wieder gerne. In Ostfriesland regnet es oft und dann benötigt jeder eine wasserdichte Kleidung. Die Ostfriesen sagen immer: „Es gibt kein schlechtes Wetter, nur eine falsche Kleidung.“

»Wir ziehen doch bei Regen immer unseren Ostfriesennerz an«, erwidert die Mutter. »Zieht euch schon an, Kinder. Dann können wir gleich gehen.«

Mattes und Geske gehen in den Wirtschaftsraum und ziehen ihre Jacken und Gummistiefel an. »Mama!«, ruft Mattes laut durch das Haus. »Sollen wir deinen Ostfriesennerz auch mitbringen oder nimmst du einen Schirm?«

»Ich nehme auch den Nerz. Bei dem Wind kann ich den Schirm nicht halten«, antwortet die Mutter. Mattes nimmt die Jacke und Geske die Gummistiefel und dann legen sie beides der Mutter in den Flur. Nun bekommen Oma Eske und der Vater noch einen Abschiedskuss und dann geht es zum Kindergarten. Auf dem Dorfplatz sehen sie den Briefträger, Herrn Buskohl, wie er mit dem Fahrrad um die Ecke kommt. Mattes überlegt kurz und ruft dann ganz laut über den Platz: »Moin, Herr Buskohl! Sie haben hinten am Fahrrad einen Plattfuß! Merken sie das denn gar nicht?«

Herr Buskohl hält erschrocken an und stellt sein Fahrrad an die Hauswand, um nachzusehen, was geschehen ist. Er kann aber nichts entdecken und dreht sich zu Mattes um.

In diesem Moment winkt Mattes ihm grinsend zu und ruft: »April! April!«

Herr Buskohl muss lachen, weil er auf den Streich hereingefallen ist, obwohl er seine Frau heute auch schon in den April geschickt hat. Herr Buskohl ruft fröhlich über die Straße: »Moin, Frau Jacobs, da haben sie aber einen Lausbuben bei sich! Erzählen sie das nur nicht meiner Frau im Kindergarten, dass ich auf Mattes Aprilscherz hereingefallen bin!«

»Nein, das werde ich nicht machen!«, ruft Frau Jacobs zurück.

»Aber ich!«, ruft Mattes hinterher. »Ihre Frau will doch auch etwas zu lachen haben!«

»Mattes!«, sagt seine Mutter energisch. »Du kannst nicht jeden, der dir über den Weg läuft, in den April schicken. Das kannst du mit den Kindern machen, aber nicht mit jedem Erwachsenen. Viele verstehen diese Art von Humor nicht.«

Kurz vor dem Kindergarten kommen ihnen Opa Meier und Opa Fritzen mit Bello entgegen. »Moin!«, ruft Mattes den Dreien entgegen und rennt auf sie zu. Frau Jacobs wird schon jetzt ganz unwohl zumute, weil sie auf den nächsten Streich von Mattes wartet.

Mattes gibt den beiden Opas die Hand und streichelt Bello über den Rücken: »Geht ihr drei auch bei dem miesen Wetter spazieren?«

»Ja!«, antwortet Opa Meier. »So schlecht kann das Wetter gar nicht werden, dass wir lieber zu Hause hocken. Bello muss immer an die frische Luft und wir auch.«

»Moin, Frau Jacobs!«, begrüßt Opa Fritzen Mattes Mutter. »Seitdem die Kinder uns zusammen gebracht haben, leben wir wieder richtig auf. Sie haben einen tollen Jungen!«

»Danke!«, sagt Mattes Mutter. »Ich hatte schon die Befürchtung, dass Mattes sie auch in den April schicken will.«

»Da werden wir schon aufpassen, Frau Jacobs, und viel Spaß noch im Kindergarten«, sagen beide Opas gleichzeitig und gehen weiter zum Siel.

»Tschüs!«, ruft die Familie Jacobs den dreien noch hinterher und geht auch weiter in den Kindergarten.

Dort werden sie von den bereits wartenden Kindern begrüßt: »Hallo! Ihr habt ja alle die gleiche Jacke an.«

»Ja!«, sagt Mattes. »Bei Einheitswetter ziehen wir auch Einheitskleider an. Wir finden das lustig und schön trocken sind wir bei dem Wetter auch geblieben.«

Schnell ziehen die Kinder ihre Jacken und Gummistiefel aus und gehen in den Seestern-Raum, wo Frau Buskohl bereits wartet.

»Moin, Frau Buskohl!«, ruft Mattes. »Ihren Mann haben wir heute auch schon gesehen!«

»Und in den April hat Mattes ihn auch geschickt!«, ruft Geske dazwischen.

Frau Buskohl fängt an zu lachen und sagt: »Das hat er auch verdient! Mit mir hat er das heute auch schon gemacht und behauptet, dass ihm das nicht passiert. Mich hat mein Mann heute gerufen, dass ich schnell kommen solle. Bei der Waschmaschine sei der Schlauch geplatzt und die ganze Küche stehe unter Wasser. Da bin ich wie eine Wilde aus dem Bett geflogen und im Nachthemd in die Küche gestürmt. Dort stand mein Mann am Türrahmen gelehnt und lachte: „Erster April". Darum freue ich mich so, dass Mattes ihn jetzt auch reingelegt hat, denn Strafe muss sein.«

»Passt heute alle gut auf!«, sagt Frau Jacobs zu den noch lachenden Kindern. »Mattes versucht es heute mit jedem.«

Als die Mütter den Kindergarten verlassen haben und alle Kinder am Tisch sitzen, sagt Frau Buskohl: »Hallo Kinder! Wie ihr bereits gemerkt habt, haben wir heute den ersten April. An diesem Tag versucht man, andere in den April zu schikken. Das ist ein ganz alter Brauch, der sich bis heute gehalten hat. Selbst wenn man heute in die Tageszeitung sieht, muss man überlegen, ob die Nachricht der Wahrheit entspricht oder ob es ein Aprilscherz sein soll. So stand heute in der Zeitung, dass im Emder-Hafen ein großer Wal gesichtet worden sei und die Schiffer aufpassen sollen. Das hört sich zuerst spannend an, ist aber nur ein Aprilscherz. Man erzählt anderen immer etwas, was wahr sein könnte, aber doch unwahrscheinlich ist.«

»So hat Mattes meiner Oma heute erzählt, dass sie eine Spinne im Haar hätte und da meine Oma Angst vor Spinnen hat, habe ich ihr beim Suchen geholfen«, erzählt Geske stolz.

Alle fangen an zu lachen: »Dann ist nicht nur deine Oma, sondern auch du bist auf Mattes Streich hereingefallen.«

Geske überlegt noch, aber da meldet sich Tomke: »Meine Mutter hat meinen Vater heute geweckt und gerufen: „ Du musst schnell aufstehen! Wir haben uns verschlafen, es ist schon neun Uhr!" Da ist mein Vater aus dem Bett gestürmt und fast beim Laufen schon in die Hose gesprungen. Seinen Pullover hatte er falsch herum an und zwei verschiedene Socken hatte er auch an den Füßen. Als er so zum Frühstück kam, haben wir uns schlapp gelacht und Mama sagte: „April! April!" Mein Vater fand das zuerst nicht lustig, aber dann musste er doch lachen.«

Alle Kindergartenkinder amüsieren sich noch über Tomke's Geschichte, als es plötzlich an der Tür klopft und Herr Onnen und die Schülerpraktikantin aus Emden hereinkommen.

»Guten Morgen, Kinder! Ihr habt hier aber eine gute Stimmung, man hört euch bis auf den Flur. Ich wollte euch Elke Kramer, unsere Schülerpraktikantin aus Emden vorstellen. Sie wird in den nächsten vier Wochen ihr Praktikum bei uns und mit euch verbringen. Seid bitte nett zu ihr und ärgert sie nicht so.«

»Das hat meine Oma auch schon zu Mattes gesagt!«, ruft Geske dazwischen. »Mattes soll seine Streiche sein lassen, sonst würde die Praktikantin sofort ihre Koffer wieder packen und gehen.«

Alle fangen an zu lachen und sehen Mattes dabei an. »Wenn Elke hier auch noch niemanden kennt, Mattes, dich jetzt schon«, lacht auch Herr Onnen. »Elke, ich wünsche dir viel Spaß mit dieser Rasselbande. Ich muss wieder zurück in meine Klasse und Frau Buskohl wird dir alles zeigen.«

»Das mache ich gerne«, sagt Frau Buskohl »und die Kinder werden mir dabei helfen. Komm doch erst einmal zu mir, Elke, und erzähle den Kindern und mir, wer du bist und woher du kommst.«

Elke sieht kurz in die Runde und betrachtet die Kinder: »Hallo, Kinder! Ich bin Elke Kramer und komme aus Emden. Ich bin 16 Jahre alt und gehe in die 9. Klasse der Realschule Emden.«

»Dann musst du meinen Opa Klaas auch kennen!«, ruft Mattes dazwischen. »Der wohnt auch in Emden.«

»Mattes!«, sagt Frau Buskohl. »Nun lass Elke bitte zuerst ausreden und dann stellen wir unsere Fragen.«

»Ich komme zwar aus Emden, aber die Stadt ist so groß, dass ich nicht einmal die Jugendlichen alle kenne«, lacht Elke. »Ich bin hier nach „Klein Kluntje-Siel" gekommen, um Erfahrungen als Kindergärtnerin zu sammeln. Wenn ich mit der Schule fertig bin, möchte ich diesen Beruf gerne erlernen. In meiner Freizeit gehe ich gerne tanzen und abends lerne ich noch, Gitarre zu spielen. Wenn ihr jetzt noch Fragen an mich habt, dann hebt bitte den Arm, damit ich auch alle der Reihe nach beantworten kann.«

Es gehen viele Arme hoch und Elke fragt: »Ja, Mattes, was möchtest du denn wissen?«

»Warum willst du dich immer mit anderer Leute Kinder ärgern?«

Die Kinder fangen an zu grölen und Tomke ruft: »Mattes! Es sind nicht alle Kinder so wie du!«

Doch bevor Mattes noch mehr Sprüche von den Kindern zu hören bekommt, fängt Elke schnell an die Frage zu beantworten: »Ich beschäftige mich gerne mit Kindern und der Spaß daran ist viel größer als der Ärger. Auch jetzt gebe ich in Emden drei Kindern Unterricht im Gitarre spielen und wenn ich in die strahlenden Augen der Kinder sehe, wenn sie etwas geschafft haben, dann freue auch ich mich. Kinder sind in ihrer Art so ehrlich und direkt. Es ist nie langweilig mit ihnen und jedes Kind hat eine andere Wesensart. Das finde ich so schön an diesem Beruf.«

Elke sieht in die Runde und spricht Geske an: »Wer bist du denn und was möchtest du von mir wissen?«

»Ich bin Geske Jacobs und die Schwester von Mattes, was nicht meine Schuld ist. Denn Freunde kann man sich aussuchen, Elke, aber Geschwister leider nicht.«

Ein großes Gelächter bricht unter den Kindern aus und Elke fragt schmunzelnd: »Was möchtest du denn von mir wissen, Geske?«

»Hast du auch noch Geschwister, die dich immer ärgern?«

»Ja!«, antwortet Elke lachend. »Ich habe noch eine große Schwester und einen kleineren Bruder. Wir ärgern und streiten uns auch wohl mal, aber meistens verstehen wir uns sehr gut. Meine Schwester ist für mich meine beste Freundin, mit der ich alle Probleme besprechen kann. Unser Bruder ist der Hahn im Korb, denn er wird von uns verwöhnt, weil er in eurem Alter ist.«

»Wunschträume!«, antwortet Geske. »Meinen Bruder kann ich nur für gute Streiche gebrauchen, ansonsten ist er eine Plage.«

Elke sieht fröhlich weiter in die Runde und schaut Fritz an, der seinen Arm immer noch hoch hält: » Na, wer bist du und welche Frage soll ich dir beantworten?«

»Ich bin Fritz und mein Papa ist der Briefträger hier im Dorf. Fährst du von Emden ganz mit dem Fahrrad hierher und wieder zurück?«

»Nein, Fritz, ich fahre mit dem Bus. Mit dem Fahrrad und bei dem Regenwetter mit dem Wind würde die Fahrt zu lange dauern.«

Jetzt hält nur noch Tomke den Arm hoch und Elke stellt wieder ihre Frage: »Wer bist du und was möchtest du gerne von mir wissen?«

»Ich bin Tomke und ich möchte nichts von dir wissen.«

Elke sieht Tomke verdutzt an: »Aber du hast dich doch gemeldet?!«

»Ja, Elke, aber ich wollte dich bitten, für uns Gitarre zu spielen.«

»Ja, bitte!«, rufen alle Kinder begeistert und auch Frau Buskohl stimmt dieser Bitte zu.

»Dann muss ich morgen meine Gitarre mitbringen«, meint Elke etwas schüchtern und sieht Frau Buskohl dabei an.

Da rennt Mattes schon los und ruft: »Ich hole die alte Gitarre aus dem Kartenraum!«

Noch bevor Elke antworten kann, ist Mattes auch schon verschwunden und kommt nach kurzer Zeit mit einer Gitarre zurück. »Elke, du musst uns ein Lied vorspielen«, bittet Mattes fordernd und setzt sich wieder an den Tisch. Er ruft: »Ruhe! Elke spielt uns was vor!«

Elke fängt an zu lachen und sagt: »So schnell geht das nicht, Kinder. Ich muss die Gitarre zuerst stimmen.«

»Hat die Gitarre auch eine Stimme?«, fragt Jelto ungläubig. »Wo ist denn der Mund?«

Elke und Frau Buskohl schmunzeln. »Die Gitarre hat keinen Mund, Jelto, sie hat Saiten. Die Drähte, die hier gespannt sind, müssen mit diesen Schrauben hier oben so gespannt werden, dass sie beim Zupfen den richtigen Ton von sich geben. Eine Gitarre, die nicht gestimmt ist, klingt nicht gut.«

Schon hat Mattes wieder einen Zwischenruf: »Mein Opa Klaas würde sagen: „Das klingt, als wenn man einer Katze auf den Schwanz tritt.“«

»Mattes!«, sagt Elke energisch. »Ich glaube, ich muss deinen Opa Klaas doch einmal kennenlernen.«

Nun nimmt Elke die Gitarre liebevoll in die Hände, zupft an den Saiten und dreht die Schrauben vorsichtig hin und her. »Das klingt aber nicht wie Musik, das ist Katzengejammer«, meint Geske.

»Nein«, sagt Elke, »ich bin doch noch beim Stimmen der Gitarre. Geske, könnte es sein, dass du den gleichen Opa wie Mattes hast ... ?«

Alle brechen in ein lautes Gelächter aus, nur Geske bleibt ernst und antwortet etwas hitzig: »Wenn wir Geschwister sind, werden wir auch den gleichen Opa haben, Elke.«

»Was möchtet ihr denn gerne singen?«, lenkt Elke die Kinder nun ab.

»Wir wollen nicht singen, sondern du wolltest spielen!«, antwortet Mattes.

»Ich mach euch einen Vorschlag«, sagt Frau Buskohl. »Ich gehe den Frühstückstisch decken und Elke spielt die Melodie „Wir sind Ostfriesenkinder". Da habt ihr doch letzte Woche den Text gelernt. Ihr müsst so schön singen, dass Herr Onnen meint, wir hätten ein Radio an und dann werde ich ihn in den April schikken.« Die Kinder sind von Frau Buskohls Vorschlag, Herrn Onnen in den April zu schicken, begeistert.

Elke nimmt die Gitarre und beginnt die Melodie zu spielen. Die Kinder hören ganz andächtig zu und sind von Elkes Können begeistert. »Das klingt aber schön, Elke«, sagt Tomke und die anderen Kinder fangen an zu klatschen.

»So, nun einmal mit Gesang«, sagt Elke und stimmt das Lied erneut an. Die Kinder setzen zum richtigen Zeitpunkt mit ihrem Text ein und singen die ersten zwei Strophen des Liedes.

»Den Text könnt ihr sehr gut«, lobt Elke die Kinder.

»Aber was hat dir denn nicht gefallen?«, will Mattes von Elke wissen.

»Elke hat aber doch nichts bemängelt, Mattes«, mischt Tomke sich ein.

Elke sieht die Kinder an und sagt: »Es sind nur Kleinigkeiten, die wir noch verbessern könnten. Wenn ihr beim Singen am Tisch sitzt, ist es etwas unruhig. Der eine wackelt mit den Beinen hin und her und der andere liegt fast auf dem Tisch. Wenn ihr die Stimmen so richtig aus euch heraus kommen lassen wollt, müsst ihr euch hinstellen. Stellt euch bitte einmal alle vor die Wandtafel und hakt euch mit den Armen ein.«

Die Kinder gehen zur Wandtafel und haken sich ein. Nur Jelto steht immer noch alleine daneben.

»Was ist mit dir, Jelto?«, will Elke wissen. »Möchtest du nicht mit uns singen?«

»Ich möchte kein Mädchen einhaken! Ich finde das blöd!«

Elke grinst und sagt: »Du bist ein so schöner Junge, Jelto. In ein paar Jahren hast du in jedem Arm ein Mädchen und nun stellst du dich so an. Dann stelle dich doch bitte zwischen Mattes und Tammo.«

Langsam kommt Ruhe in die Gruppe und jeder hat seinen Platz gefunden. »Wenn wir gleich unser Lied singen, geht ihr bitte mit dem Oberkörper im Rhythmus hin und her. Ihr sollt beim Singen schunkeln.« Elke nimmt die Gitarre und gibt einen Ton vor. Die Kinder sehen gespannt auf Elke und beginnen bei ihrem Einsatz mit dem Singen.

Als Herr Onnen in den Frühstücksraum kommt, fragt er Frau Buskohl: »Wo sind denn die Kinder und Elke?«

»Ach«, klagt Frau Buskohl, »die Jugend von heute macht was sie will. Elke hat ihr Radio mitgebracht und nun hören alle nur noch Musik.«

»So geht das nicht!«, schimpft Herr Onnen und geht mit großen Schritten durch den langen Flur zum Seestern-Raum. Die Tür ist leicht angelehnt und Herr Onnen sieht die Kinder eingehakt, singend und schunkelnd vor der Wandtafel stehen. Elke steht davor und spielt die Gitarre. In diesem Moment zieht Frau Buskohl Herrn Onnen am Ärmel und sagt leise: »April! April!«

Beide genießen noch die Vorstellung. Anschließend erzählt Herr Onnen den Kindern, wie schön das Lied geklungen und wie Frau Buskohl ihn in den April geschickt habe. Die Kinder und Elke gehen gut gelaunt zum Frühstück. Herr Onnen nimmt Elke beiseite und sagt: »Elke, du hast das richtige Händchen für Kinder. Du bist gerade eine Stunde hier und schon hast du die Rasselbande im Griff. Deine Entscheidung, Kindergärtnerin zu werden, ist bestimmt richtig.«

Am Frühstückstisch erzählen die Kinder der Schülerpraktikantin, von welchen Aprilscherzen sie heute schon gehört haben und was Mattes so alles ausgefressen hat. Elke und Frau Buskohl kommen aus dem Lachen nicht heraus und vergessen darüber ganz, dass die Pause längst vorbei ist. Frau Buskohl sieht erschrocken zur Uhr und sagt: »Nun wird es aber Zeit, lasst uns schnell den Tisch abräumen und dann können wir Elke noch unser „Klein Kluntje-Siel" zeigen.«

»Ja!«, sagt Elke. »In dem Ort bin ich auch noch nie gewesen.«

»Hast du denn auch einen Ostfriesennerz mit?«, fragt Geske.

»Nein«, lacht Elke. »Es regnet gerade nicht mehr, aber ich werde meinen Regenschirm vorsichtshalber mitnehmen.«

Alle ziehen ihre Wetterjacken und Gummistiefel an und warten darauf, dass es losgeht.

»Ich hole noch schnell die Hundeleine!«, ruft Mattes und rennt zum Kartenraum.

Frau Buskohl erklärt Elke die Funktion des Seiles und warum die Kinder es Hundeleine nennen. Als Mattes wiederkommt, hat er auch die Wettertasche der Gitarre mitgebracht.

»Was willst du denn mit der Tasche, Mattes?«, will Frau Buskohl wissen.

»Als Picknicktasche ist sie zu schade, aber Elke könnte doch die Gitarre mitnehmen.« Alle Kinder sind begeistert und bitten Elke, doch die Gitarre mitzunehmen.

»Aber wo wollen wir denn singen?«, fragt Elke mit dem Kopf schüttelnd.

»Überall, wo wir hingehen, könnte man singen!«, ruft Mattes. »Auf dem Deich beim Siel, auf dem Spielplatz oder bei Frau Kruse im Tante-Emma-Laden. Es wird sich schon eine Gelegenheit für ein Ständchen bieten.«

Elke sieht in die strahlenden Augen der Kinder: »Wenn ihr solch einen Spaß daran habt, dann werde ich die Gitarre mitnehmen.«

Alle greifen sich eine Öse des Seils und ab geht es ins Dorf. Zuerst führt sie der Weg zum Dorfplatz, wo sie Herrn Buskohl treffen, der sich gerade auf eine Bank zur Frühstückspause setzen will.

Plötzlich schreit Mattes über den Platz: »Vorsicht, Herr Buskohl! Auf der Bank steht Wasser!« Elke und die Kinder zucken erschrocken zusammen.

»Du schickst mich nicht zweimal in den April!«, ruft Herr Buskohl zurück und setzt sich hin. Doch plötzlich hört man Herrn Buskohl schimpfen und er ist genauso schnell wieder aufgestanden, wie er sich vorher hingesetzt hat. »Jetzt habe ich den Hosenboden nass!«, empört sich Herr Buskohl lauthals.

Alle fangen laut an zu grölen. Besonders laut aber lacht Frau Buskohl und ruft ihrem Mann zu: »Mattes hat dich doch gewarnt, aber du wolltest ja nicht hören! Das hast du jetzt davon… «

Herr Buskohl grummelt immer noch vor sich hin und klopft mit den Händen die nassen Klamotten ab.

Lachend zieht die Kindergartengruppe weiter zum Siel. Auf dem Weg dorthin wird Elke von den Kindern die Geschichte und Funktion des Sieles erklärt. Als sie oben auf dem Deich beim Siel ankommen, sitzen Opa Meier und Opa Fritzen mit ihrem Hund Bello auf der Bank und rufen ihnen entgegen: »Hallo, Kinder! Macht ihr einen Ausflug?«

»Moin!« rufen alle wie aus einem Mund und Mattes sagt: »Sitzt ihr wieder auf eurer Rentnerbank und bewacht das Meer? Habt ihr die Bank auch vorher vom Regen trocken gewischt?«

»Natürlich!«, lacht Opa Meier. »Die Bank ist schön trocken und einer muss ja aufpassen, dass das Meer da bleibt, wo es hingehört. Aber in den April brauchst du uns nicht schicken, Mattes, von deinen Späßen haben wir schon gehört.«

»Das würde ich mit euch auch nicht machen«, grinst Mattes die beiden an. »Wir sind hier nur hergekommen, um euch ein Ständchen zu bringen.«

Frau Buskohl und Elke sehen sich verwundert an. Opa Meier bemerkt das und sagt: »Ich glaube, die anderen wissen noch gar nichts davon, Mattes. Die hast du jetzt ganz schön überrumpelt.«

»Nein!«, sagt Mattes überzeugend. »Wir haben schon den ganzen Vormittag dafür geübt, das soll doch nicht umsonst gewesen sein. Unsere Praktikantin Elke wird gerne auf der Gitarre spielen, warum sollte sie die sonst mitgenommen haben?«

Elke bekommt einen roten Kopf und ringt um Fassung. Nun hat doch ein kleiner Junge sie so überrumpelt und in eine solche Situation gebracht.

Opa Meier erkennt sofort die Lage, er ist ja Polizist gewesen: »Mattes, so etwas macht man nicht. Du hast eure Praktikantin jetzt ganz schön in Verlegenheit gebracht. Ihr hättet das vorher absprechen müssen, denn alle sollten das wollen und nicht nur du.«

»Mit so etwas habe ich nicht gerechnet«, sagt Elke beschämt. »Da bin ich gerade zwei Stunden in „Klein Kluntje-Siel" und werde von Mattes so vorgeführt.«

»Da sind sie nicht das erste und auch nicht das letzte Opfer von Mattes«, lacht Opa Meier. »Auch wir können schon alle ein Lied davon singen. Aber Mattes meint es nie böse, denn uns zwei Alten hat er sogar zusammengebracht. Wir und Bello sind nun dank der Kinder die besten Freunde.«

»Möchtet ihr denn nun das Lied „Wir sind Ostfriesenkinder" hören oder nicht?«, fragt Mattes erneut.

»Gerne!«, sagt Opa Fritzen. »Aber nur, wenn eure Praktikantin Elke das auch möchte.«

»Wenn sie mich so darum bitten, werden wir unser Bestes geben«, erwidert Elke. »Stellt euch bitte wieder so auf, wie im Kindergarten. Alle einhaken und denkt an den Oberkörper.«

Elke packt ihre Gitarre aus und Frau Buskohl setzt sich zwischen die beiden Opas auf die Bank. Nun gibt Elke einen Ton für die Kinder vor und alle stimmen in das Ostfriesenlied „Wir sind Ostfriesenkinder" ein und schunkeln dabei. Auch die beiden älteren Herren haken sich bei Frau Buskohl ein und summen schunkelnd mit. Als die Kinder mit dem Lied fertig sind, fangen Opa Meier und Opa Fritzen ein weiteres Heimatlied an zu singen. Elke kennt auch dieses Lied und begleitet es mit der Gitarre. Doch plötzlich fangen alle laut an zu lachen, denn Bello, der Hund von Opa Fritzen, beginnt laut wie ein Wolf zu heulen.

»Nun fängt sogar der Hund noch an zu singen«, lacht Elke. »Den können wir auch noch in unseren Chor aufnehmen.«

Die heitere Stimmung auf dem Deich wird immer ausgelassener, so dass sogar die ersten Feriengäste stehenbleiben und fragen: »Was ist denn hier für eine Veranstaltung? Unsere Vermieterin hat uns beim Frühstück gar nichts davon erzählt.«

Opa Meier und Elke können vor Lachen nicht antworten, aber Mattes überlegt kurz und sagt mit klagender Stimme: »Wir müssen hier bei jedem Wetter auf dem Deich stehen und sobald ein Urlauber kommt, müssen wir für Unterhaltung sorgen. Alle kleinen Kinder und Rentner werden jeden Tag wie die Schafe hergetrieben, um die Feriengäste zu belustigen.«

»Das können die doch nicht mit euch machen!«, schimpft eine Frau und holt ihre Geldbörse heraus. Auch die anderen Feriengäste greifen mitleidig in ihre Taschen und suchen nach ihrem Portemonnaie.

Da streckt Mattes seine Arme in die Luft und ruft laut über den Deich. »April! April! Es ist alles nur ein Aprilscherz!«

Nun fangen die Feriengäste laut an zu johlen und auch Bello beginnt wieder laut zu heulen.

»Oh, Mattes!«, sagt Opa Meier. »Wo holst du deine Sprüche nur immer wieder her? Du machst uns vor den Gästen unmöglich. Ich werde mich erst einmal für unser Auftreten entschuldigen.«

Die Feriengäste kommen aber aus dem Lachen nicht heraus, denn so etwas haben sie noch nie erlebt. Ein älterer Herr aus der Urlaubergruppe bekommt als erster wieder Luft und sagt: »Wenn ihr das erste Lied, was wir nur halb gehört haben, noch einmal für uns singt, bekommt ihr alle ein Eis von uns ausgegeben.«

»Das machen wir!«, ruft Mattes schnell. »Welche Hälfte wollen sie denn hören? Die erste oder zweite Hälfte?«

»Jetzt ist es aber gut, Mattes!«, sagt Elke, die Praktikantin. »Wir singen für deinen Streich jetzt das ganze Ostfriesenlied, aber zuerst müssen wir wieder richtig Luft bekommen.«

Opa Fritzen und Opa Meier bieten den Feriengästen die Bänke an und haken sich bei den Kindern mit ein. »Dürfen wir mitsingen?«, fragt Opa Fritzen.

Elke kichert schon wieder und meint: »Wenn Mattes nichts dagegen hat, gerne.«

Mattes sieht die Feriengäste auf den Bänken nachdenklich an und fragt: »Sitzt für die Opas denn auch noch ein Eis drin?«

Die Urlauber krümmen sich vor Lachen auf den Bänken und rufen: »Ihr bekommt alle ein Eis!«

Als sich die Gruppe beruhigt hat, gibt Elke wiederum den Ton an und mit der Unterstützung von Opa Fritzen und Opa Meier singen die Kinder das Lied „Wir sind Ostfriesenkinder". Die Feriengäste sind begeistert und klatschen laut mit den Händen und stampfen mit den Füßen auf den Deich.

Mattes beobachtet die Feriengäste und witzelt: »Wenn ihr mit den Füßen so weiter stampft, können wir unsere Deichschafe abschaffen.«

Opa Meier kommt aus dem Lachen nicht heraus und stößt Mattes an: »Jetzt ist es aber gut gewesen, Mattes.«

»Nun gehen wir alle zusammen ein Eis essen«, sagt ein Feriengast. »Wo bekommen wir denn hier ein schönes Eis?«

Wieder ist Mattes mit einer schnellen Antwort da und sagt: »Wir müssen unserer Praktikantin Elke das Dorf noch zeigen und auch den Tante-Emma-Laden von Frau Kruse. Hier gibt es das leckerste Eis in ganz „Klein Kluntje-Siel"«, prahlt Mattes. »Aber auch das einzige.« Schon wieder fangen alle an zu lachen.

Elke packt die Gitarre in die Tasche und die Kinder greifen wieder das Seil mit den Ösen und Fähnchen. So geht die Kindergartengruppe, gefolgt von Opa Fritzen und Opa Meier durchs Dorf zum Tante-Emma-Laden. Auch die Urlaubergruppe folgt fast im Gleichschritt den Kindern. Als die Ladentür mit einem Klingeln aufgeht, staunt Frau Kruse nicht schlecht, als eine Person nach der anderen den Laden betritt. Der Laden wird voller und voller und Frau Kruse sieht aus dem Fenster und sagt besorgt zu Frau Buskohl: »Kommen noch mehr?«

»Nein!«, lacht Frau Buskohl. »Ich werde dir in wenigen Worten erzählen, warum wir so zahlreich hier sind und was wir gerne hätten.«

Frau Kruse grinst über das ganze Gesicht und sagt: »Ihr Kindergartenkinder seid meine beste Werbung. Welches Eis möchtet ihr denn gerne haben?«

»Nicht nur die Kinder möchten ein Eis«, bemerkt ein Feriengast, »die Damen, die älteren Herren und auch wir hätten gerne eins.«

Frau Kruse geht voran zur Gefriertruhe und erfüllt die Wünsche eines jeden einzelnen. Die Urlaubergruppe legt das Geld zusammen und bezahlt.

»Danke für das Eis!«, rufen alle Kinder und auch Opa Fritzen und Opa Meier bedanken sich bei den Feriengästen.

»Wenn sie morgen wieder etwas Unterhaltung brauchen, kommen sie doch zu uns in den Kindergarten«, lädt Mattes die Feriengäste ein und lächelt Elke frech dabei an.

»Das werden wir uns überlegen«, sagt ein Feriengast. »Morgen kannst du uns wenigstens nicht mehr in den April schicken.«

Lachend verlassen alle mit einem lauten „Tschüs" den Tante-Emma-Laden. Die Feriengäste winken den Kindern noch einmal zu und setzen ihren Spaziergang fort.

»So!«, sagt Frau Buskohl erleichtert zu Elke. »Wir müssen jetzt zurück zum Kindergarten, denn die Mütter kommen gleich ihre Kinder abholen.«

Elke sieht Frau Buskohl begeistert an und sagt: »Wenn ich das alles in mein Berichtsheft für die Schule schreibe, was ich an diesem einen Vormittag erlebt habe, das glaubt mir mein Klassenlehrer nie.«

Frau Buskohl fängt an zu lachen und sagt zu Elke: »Dies ist dein erster Tag in „Klein Kluntje-Siel" und in den nächsten vier Wochen werden noch viele Erlebnisse folgen. So wie ich Mattes und die Kinder kenne, wirst du dich sogar darauf verlassen können.«

Beim Kindergarten angekommen, werden die Kinder von ihren Müttern begrüßt und in Empfang genommen. Opa Meier und Opa Fritzen verabschieden sich nun auch und sind dankbar für den schönen Vormittag.

Herr Onnen bittet Elke noch kurz zu sich und fragt: »Wie hat dir denn dein erster Praktikumstag bei uns in „Klein Kluntje-Siel" gefallen?«

Elke lächelt Herrn Onnen an: »Was ich nur heute Vormittag alles mit den Kindern erlebt habe, würden sie mir nie glauben.«

»Elke«, sagt Herr Onnen leise, »wenn Mattes dabei ist, glaube ich alles.«

Auf dem Weg nach Hause erzählt Geske ihrer Mutter, was Mattes heute schon wieder den ganzen Tag angestellt hat. Die Mutter schüttelt mit dem Kopf: »Wenn das mit dir so weiter geht Mattes, wirst du irgendwann noch einmal großen Ärger bekommen.«

»Ach, Mama, es ist doch alles nur Spaß«, lächelt Mattes seine Mutter von der Seite an. »Wir haben doch heute den ersten April.«

Die Mutter lacht Mattes an: »Bei dir ist aber an jedem Tag der erste April und nicht nur heute.«

Als sie zuhause ankommen, hat Oma Eske bereits den Mittagstisch gedeckt und ruft: »Bitte alle zum Essen kommen, bevor es kalt wird! Es gibt heute Grünkohl mit Bauchfleisch und Pinkel!« Grünkohl ist ein deftiges Gericht, das bei den Ostfriesen in der kalten Jahreszeit gegessen wird und Pinkel ist eine geräucherte, grobkörnige Grützwurst. Zum Grünkohl sagt man auch „ Ostfriesische Palme“.

»Lecker, Oma!«, rufen die Kinder wie aus einem Mund und Mattes sagt noch: »Das schmeckt bei dem trüben Wetter immer noch am besten.«

Nach dem Essen ziehen sich Geske und Mattes auf ihre Zimmer zurück und Oma Eske hält bis zum Teetrinken ihr Mittagsschläfchen.

Heute ist auch der Vater pünktlich von der Arbeit zurück und alle können gemeinsam ihren Tee trinken. Es ist eine lustige Runde, denn es wird wie immer über Mattes und seine Streiche gelacht und der Vater meint: »Man sollte es nicht für möglich halten, was ein Lausbub an nur einem Tag alles ausfressen kann.«

Oma Eske sieht Mattes verschwörerisch an: »Der Tag ist noch lange nicht vorbei, Ralf, und Mattes noch nicht im Bett.«

Nach dem Teetrinken gehen die Eltern in die Küche und Oma Eske bleibt mit den Kindern in der Stube und klagt: »Was ist das heute für ein trübes Wetter.«

Mattes schaut seine Schwester an: »Wollen wir bei dem Wind und den Wolken die Sonne aufgehen lassen?«

Geske erwidert mit fragendem Blick: »Wie willst du das denn machen? Du hast schon viel ausgefressen, aber das wirst auch du nicht schaffen, Mattes.«

Oma Eske muss nun auch lachen und sagt zu Geske: »Das ist sicher auch ein Aprilscherz von Mattes.«

Mattes sieht die beiden frech grinsend an: »Sollen wir um eine Tafel Schokolade wetten? Dass ich es mit Papas Hilfe schaffe, die Sonne über „ Klein Kluntje-Siel“ aufgehen zu lassen?«

Geske reicht Mattes schnell die Hand: »Die Wette gilt, Mattes!«

Mattes beginnt zu lachen: »Die Tafel Schokolade kannst du schon holen, Geske! Ich werde Papa jetzt überreden, mit uns zum Spielplatz zu gehen und dann lassen

wir unsere Drachen steigen. Du deinen großen Drachen mit dem Sonnengesicht und ich meinen Monsterdrachen.«

Geske schüttelt mit dem Kopf: »Da hast du mich ja ganz schön reingelegt, Mattes. Das ist gemein von dir.«

Plötzlich zucken Geske und Mattes erschrocken zusammen. Ihre Eltern stehen in der Tür und beginnen plötzlich laut zu lachen. »Dann zieht euch warm an, Kinder«, sagt der Vater immer noch lachend. »Ich hole die Drachen vom Boden und dann lassen wir die Sonne aufgehen.«

Auf dem Weg zum Spielplatz treffen sie Herrn Onnen und der Vater sagt zu den Kindern: »Geht ihr schon zum Spielplatz? Ich muss noch eben etwas mit Herrn Onnen besprechen. Ihr könnt eure Drachen ja schon steigen lassen und ich komme gleich nach.«

»Machen wir!«, ruft Mattes und nimmt seine Schwester an die Hand. Als sie beim Spielplatz ankommen, nimmt Geske ihren Drachen und Mattes wickelt die Kordel ab. »Ich glaube, so ist die Leine lang genug, Geske. Halte du jetzt den Drachen hoch und ich renne los, damit die Sonne steigt.« Mattes läuft mit großen

Schritten los und der Drachen beginnt zu steigen. Als Mattes aber stehen bleibt, stürzt der Drachen sofort wieder ab. Mattes und Geske versuchen es noch einmal, aber der Drachen will nicht oben bleiben. Geske sieht Mattes traurig an: »Ich glaube, mein schöner Drachen ist kaputt, der will nicht fliegen.«

In diesem Moment kommt der Vater zum Spielplatz und ruft: »Ihr steht falsch! So kann der Drachen nicht steigen!«

Mattes sieht seinen Vater fragend an: »Wieso stehen wir falsch?«

»Ihr müsst euch nach dem Wind richten, denn der muss immer vorne auf den Drachen pusten.«

Mattes überlegt, was der Vater wohl meinen könnte, findet aber keine Lösung: »Papa, wie kann ich denn hier feststellen, woher der Wind weht?«

»Das ist ganz einfach«, lacht Herr Jacobs. »Das habe ich auch von meinem Vater gelernt. Man pflückt etwas trockenes Gras und lässt es dann von einem ausgestreckten Arm aus fallen. In die Richtung, wohin der Wind das Gras weht, dahin muss man mit dem Drachen gehen. Wer die Leine hält, der bleibt hier stehen.«

So wie ihnen erzählt wurde, machen es nun Mattes und Geske. Mattes pflückt etwas Gras und lässt es dann fallen. Der Wind pustet das Gras davon und nun wissen die Kinder, woher der Wind weht. Geske nimmt ihren Drachen und geht jetzt in die Richtung, in die der Wind das Gras getragen hat. Mattes zieht die Leine vorsichtig stramm und rennt dann ein paar Schritte. Der Drachen steigt sofort hoch zum Himmel und Mattes ruft: »Die Sonne geht auf, sie scheint jetzt vom Himmel, Geske! Ich habe unsere Wette gewonnen!«

Geske übernimmt lachend die Leine von Mattes und lässt ihren Drachen, ohne weiteren Kommentar, im Wind tanzen. Auch Mattes lässt jetzt mit Hilfe des Vaters seinen Monsterdrachen steigen. Es ist noch ein schöner Nachmittag trotz des trüben Wetters und erst zum Abendbrot gehen sie wieder nach Hause.

* DIE WATTWANDERUNG *

An der Ostfriesischen Küste geht mit einem rotgefärbten Himmel die Sonne auf. Der Wind weht leicht über das Land und lässt eine weggeworfene Papiertüte über den Dorfplatz von „Klein Kluntje-Siel" flattern. Der Bäcker, Herr Rosenboom, der als erster morgens durch das Dorf zur Arbeit geht, sieht dieses und wirft die Tüte in einen Mülleimer. „Warum können die Menschen ihren Müll nicht in die Tonne werfen?", denkt Herr Rosenboom noch beim Weitergehen und hört plötzlich ein lautes Kreischen. „Was ist da denn los?", überlegt er und biegt ab in die Nebenstraße, aus der er das Geräusch gehört hat. »Wollt ihr hier wohl verschwinden!«, ruft Herr Rosenboom und geht mit winkenden Armen auf die Mülltonnen zu. Bei einer Mülltonne stand der Deckel offen und vier Möwen versuchten mit lautem Geschrei, den Müll aus der Tonne heraus zu bekommen. Dabei warfen sie das, was sie heraus ziehen konnten, auf die Straße. „Daher kommt also die Papiertüte", denkt der Bäcker bei sich und schließt den Deckel der Mülltonne. »Euer Frühstück ist beendet!«, ruft er den Möwen noch zu und geht in seine Backstube, um für das Frühstück der Bürger von „Klein Kluntje-Siel" zu sorgen.

Langsam beginnt das Leben im Dorf und auch bei der Familie Jacobs startet ein neuer Tag. Als alle am Frühstückstisch sitzen, klingelt es plötzlich an der Haustür. »Wer will denn schon so früh am Tag zu uns?«, fragt Oma Eske erschrocken.

»Das werden wir gleich wissen«, sagt Frau Jakobs und geht zur Haustür. »Was machst du denn hier?«, hört man sie überrascht sagen. »Ist etwas passiert?«

»Keine Angst! Ich wollte euch nur besuchen und mit euch frühstücken«, erwidert eine männliche Stimme.

»Wer kann das wohl sein?«, fragt Geske mit einem ängstlichen Gesicht ihren Vater.

Der Vater sieht Geske an und sagt: »Der Stimme nach könnte das Opa Klaas sein.«

Und da kommt der Opa auch schon durch die Küchentür und ruft: »Moin, ihr Lieben!«

Alle erwidern die Begrüßung und Mattes fragt: »Opa? Was machst du denn schon so früh hier? Hat Oma Wiebke dich rausgeworfen? Bist du jetzt obdachlos?«

Der Opa lacht und antwortet: »Ich will mit euch frühstücken, alleine macht das keinen Spaß. Oma Wiebke ist mit ihrem Hausfrauenverein heute Morgen schon um sechs Uhr nach Hamburg zum Shoppen gefahren. Da habe ich bei mir gedacht, gehst du eben deine Kinder besuchen.«

Die Mutter von Mattes lacht und sagt: »Das hast du richtig gemacht. Setz dich neben Mattes, ich hol dir noch schnell einen Teller und eine Tasse. Du wirst dich aber heute Vormittag mit Oma Eske unterhalten müssen, denn ich muss in den Kindergarten, um unsere Praktikantin Elke zu unterstützen.«

»Ich habe eine bessere Idee!«, ruft Mattes begeistert. »Opa geht heute mit uns in den Kindergarten und kann dann Elke unterstützen. Elke will Opa Klaas doch auch kennenlernen hat sie einmal gesagt.«

Die Mutter muss laut lachen und Geske ruft: »Das ist endlich eine gute Idee von Mattes! Nicht wahr, Opa?« Geske und Mattes strahlen ihren Opa Klaas erwartungsvoll an.

Der muss lachen und sagt: »Das kann ich doch nicht machen. Was sollen Elke und Herr Onnen denn von mir denken.«

Nun mischt sich auch Oma Eske in das Gespräch ein und sagt fröhlich: »Da kannst du ruhig hingehen, Klaas. Die haben dann nur einen Chaoten mehr in der Gruppe. Das wird bestimmt ein lustiger Tag für die Kinder.«

»Aber nicht für Elke!«, lacht Mattes Mutter und sieht Opa Klaas dabei an. »Wenn es aber nicht klappt, dann kann ich ja noch nachkommen. Denkt aber bitte daran, dass ihr Herrn Onnen wegen des Tausches informiert.«

»So machen wir das!«, ruft Geske begeistert. »Opa bringt uns heute in den Kindergarten und bleibt auch gleich da.«

Opa Klaas schüttelt mit dem Kopf und sagt etwas bedrückt: »Was habe ich da nur wieder angestellt. Aber ich werde mitgehen, da muss ich nun durch.«

»Juchhu!«, rufen die Kinder und springen vom Tisch auf, um ihre Jacken anzuziehen.

»Moment!«, sagt Opa Klaas. »Zuerst möchte ich zu Ende frühstücken. Wir haben doch noch Zeit genug?«

Oma Eske nickt mit dem Kopf und sagt: »Trinke du in Ruhe deinen Tee, Klaas. Ihr habt noch Zeit genug.«

Nach dem Frühstück ziehen sich die Kinder und Opa Klaas ihre Jacken an. Geske und Mattes fassen nach Opas Hand und gehen stolz neben ihm her zum Kindergarten.

Elke steht bereits in der Tür und fragt: »Na, wen habt Ihr denn heute dabei?«

Stolz sehen Geske und Mattes Elke an und sagen wie aus einem Mund: »Das ist unser Opa Klaas aus Emden und er wird unsere Mama heute vertreten.«

Elke sieht Opa Klaas an und fragt verwundert: »Sie werden heute mit mir die Kinder betreuen?«

Opa Klaas lacht Elke an und meint: »Ich würde es gerne versuchen. Aber wenn sie damit Probleme haben, dann wird meine Tochter kommen und mich ablösen. Wir müssen sie nur anrufen.«

»Ich habe damit keine Probleme«, antwortet Elke mit rotem Kopf. »Ich habe schon viel durch Mattes und Geske von ihnen gehört.«

»Ich hoffe, nur Gutes«, lacht Opa Klaas.

Die anderen Kindergartenkinder haben sich hinter Elke aufgebaut und wollen sehen, wer da ist. Sie betrachten Opa Klaas von oben bis unten und überlegen: „Ob das der Opa ist, von dem Mattes die ganzen lustigen Geschichten erzählt hat?"

»Moin, Kinder! Darf ich heute bei euch bleiben?«, fragt Opa Klaas in die Runde und sieht die Kinder dabei an.

»Ja!«, rufen die Kinder jubelnd.

Nun gehen alle in den Seestern-Raum und setzen sich an den Tisch. »Moment Herr….«, Elke überlegt kurz und sagt weiter: »Wie darf ich sie ansprechen?«

»Wenn ich Elke sagen darf, dann kannst du auch Opa Klaas zu mir sagen. Ich bin ja alt genug, um auch dein Opa sein zu können«, lacht Opa Klaas Elke an.

»Gerne!«, sagt Elke. »Opa Klaas, ich wollte dir nur einen großen Stuhl geben, die anderen sind zu tief für dich.«

»Danke, Elke!« freut sich Opa Klaas und setzt sich an den Tisch. »Was werden wir denn heute mit den Kindern unternehmen?«

»Eigentlich wollte ich mit den Kindern etwas malen. Aber da wir heute einen seltenen Gast haben, möchte ich dich, Opa Klaas, um einen Vorschlag bitten«, strahlt Elke.

»Da verlangt ihr aber etwas. Wie soll ich mir so schnell etwas überlegen«, sagt Opa Klaas und legt seine Hände an den Kopf. Das macht Opa Klaas immer, wenn er überlegt.

Plötzlich ruft Mattes in den Raum: »Ich habe eine Idee! Opa Klaas wollte letztens schon mit Geske und mir eine Wattwanderung machen und uns die Tiere im Watt zeigen. Heute kann er doch mit uns allen ins Watt gehen.«

»Machen wir das, Opa Klaas?«, rufen alle Kinder wie aus einem Mund. »Bitte, Opa Klaas!«

Elke und Opa Klaas sehen sich grinsend an und Elke sagt: »Ich bin auch noch nie im Watt gewesen und die Tiere kenne ich nur aus Büchern.«

Opa Klaas sieht Elke an und sagt: »Gibst du mir bitte eben die Ostfriesen-Zeitung von heute?«

»Opa, du sollst keine Zeitung lesen, wir wollen eine Wattwanderung machen!«, ruft Mattes etwas enttäuscht.

Opa Klaas sieht die Kinder an und sagt lachend: »Wenn wir eine Wattwanderung machen wollen müssen wir auch wissen, ob wir heute Vormittag Ebbe oder Flut haben. Bei Flut können wir nur schwimmen und nicht wandern. In der Tageszeitung steht an jedem Tag, wie spät wir Flut und Ebbe haben.«

Alle fangen laut an zu lachen, während Opa Klaas seine Brille aufsetzt und in der Zeitung blättert: »Um zehn Uhr haben wir Ebbe, also können wir nach dem Frühstück ins Watt gehen«, sagt Opa Klaas zu den Kindern und sieht sie über seine Lesebrille hinweg an.

Die Kinder strahlen Opa Klaas an und Elke sagt: »Da haben wir ja noch einmal Glück gehabt, aber was machen wir bis zur Frühstückspause?«

»Ich kann euch ja schon etwas über das Wattenmeer erzählen«, lacht Opa Klaas. »Das größte Wattenmeer der Welt liegt schließlich hinter unserem Deich.«

Mattes fängt laut an zu lachen und unterbricht seinen Opa: »Opa! Du sollst uns etwas über das Wattenmeer erzählen und keine Witze! Als ich Herrn Onnen deine Geschichte von Ebbe und Flut erzählt habe, lachten mich alle aus.«

»Mattes!«, sagt Opa Klaas. »Das ist doch ein Ostfriesenwitz gewesen, aber was ich euch jetzt erzähle, entspricht der Wahrheit. Das Wattenmeer der Nordsee ist wirklich das Größte der Welt. Es geht von der holländischen Küste aus an uns vorbei bis nach Dänemark. Aber was ist denn überhaupt das Wattenmeer?«

Opa Klaas sieht in die Runde und Tammo sagt: »Alles, was hinter dem Deich ist, soweit man sehen kann.«

»Was du da siehst, ist die Nordsee«, sagt Opa Klaas. »Nur das Stück Land, das bei Flut unter Wasser steht und bei Ebbe trocken liegt, das ist das Wattenmeer. Diesen stetigen Wechsel zwischen Ebbe und Flut nennt man Gezeiten oder auch Tide. Die Zeit zwischen Ebbe und Flut oder Flut und Ebbe beträgt etwa sechs Stunden und zwölf Minuten. Wenn wir nun um zehn Uhr ins Watt gehen, haben wir nur eine ganz bestimmte Zeit zum Wandern, bevor wir wieder nasse Füße bekommen. Darum sollten unsere Urlauber nie ohne einen Wattführer eine Wattwanderung machen. Ihr habt bestimmt schon oft beobachtet, dass plötzlich Nebel aufkommt. Und wenn man dann zu weit ins Watt heraus gelaufen ist, sieht man den Deich nicht mehr. So haben sich schon oft Urlauber im Watt verlaufen und mussten gerettet werden. Einige standen dann schon bis zum Bauch im Wasser.«

»Aber Opa Klaas!«, ruft Mattes dazwischen. »Wenn die nur bis zum Bauch im Wasser stehen, dann kann doch nichts passieren. Außer, dass sie einen nassen, kalten Popo bekommen.«

Alle fangen an zu lachen und Opa Klaas antwortet: »Aus dieser Misere kann man sie noch retten. Aber der Unterschied des Wasserstandes zwischen Ebbe und Flut, oder auch Tidenhub genannt, beträgt bei uns zwei bis drei Meter. Bei Sturm oder Nord-West-Wind kann die Nordsee auch noch höher steigen. Dann gibt es mehr als nur einen nassen, kalten Popo.«

Alle Kinder und Elke hören Opa Klaas gespannt zu und stellen es sich gerade bildlich vor. Da meldet sich Tammo und fragt: »Opa Klaas? Haben die Menschen darum die Sandhaufen ins Meer geschüttet, damit die Urlauber sich dann darauf stellen können?«

Elke und Opa Klaas fangen an zu lachen: »Das sind Sandbänke, Tammo. Die hat das Meer dorthin gespült. Die Meeresströmung holt den Sand aus den Flussmündungen und vom Meeresgrund und legt ihn an geschützten Stellen ab. So bildet sich nach langer Zeit eine Sandbank. Nach einer Sturmflut kann diese dann aber auch so wieder verschwunden sein. Es gibt aber auch Sandbänke, die immer grösser und grösser werden und so entstehen dann die Inseln. Auch die „Ostfriesischen Inseln" sind so im Laufe von Jahrhunderten entstanden. Zu einigen Inseln kann man sogar bei Ebbe zu Fuß gehen oder mit dem Pferdewagen fahren. Unsere Urlauber und wir fahren aber lieber trocken und gemütlich mit der Fähre hinüber.«

Da klopft es an der Tür und Herr Onnen kommt herein: »Das Frühstück ist fertig, ihr könnt kommen!« Plötzlich guckt Herr Onnen ganz verwundert: »Haben wir ein neues Kindergartenkind bekommen?«

Opa Klaas und Elke müssen lachen, aber Mattes antwortet schnell: »Herr Onnen! Als Kind ist mein Opa Klaas doch viel zu alt.«

»Die Kinder hatten sich gewünscht, dass ich meine Tochter heute einmal vertrete und ihre Praktikantin Elke hat es genehmigt«, mischt Opa Klaas sich schnell ein.

»Beim Frühstück hätte ich ihnen das auch erzählt«, ergänzt Elke schnell die Aussage von Opa Klaas.

Herr Onnen schmunzelt: »Ihr müsst euch nicht entschuldigen! Ich finde es sehr gut, wenn eine andere Generation den Kindern etwas erzählt. Aber da ich die Verantwortung trage, möchte ich informiert werden. Ich habe mich schon gewundert, dass es heute in der Kindergartenabteilung so ruhig ist.«

»Opa Klaas erzählt uns alles vom Wattenmeer!«, ruft Jelto.

»Und nach dem Frühstück machen wir alle eine Wattwanderung, Herr Onnen!«, ruft Tammo hinterher.

Herr Onnen sieht in die strahlenden Gesichter der Kinder und sagt: »Dann lasst uns nun zuerst frühstücken und wenn euer Opa Klaas es erlaubt, würde ich auch gerne die Wattwanderung mitmachen.«

»Ja!«, rufen die Kinder begeistert und rennen zum Waschraum.

Opa Klaas nimmt Herrn Onnen zur Seite und sagt: »Entschuldigen Sie, Herr Onnen, dass wir sie noch nicht gefragt haben. Aber ich wurde heute Morgen von den Kindern einfach überrumpelt und ich habe dann alles mit Elke besprochen. Bei der Begeisterung der Kinder waren wir innerhalb kurzer Zeit so in das Thema Wattenmeer vertieft, dass wir an sie und ihre Verantwortung nicht gedacht haben. Elke trägt aber keine Schuld, Herr Onnen.«

»Machen sie sich doch keine Sorgen«, sagt Herr Onnen zu Opa Klaas. »Sie und auch Elke trifft keine Schuld, ich hätte ja heute Morgen schon einmal vorbei kommen können. Aber ins Watt möchte ich gerne mit. Nicht, weil ich sie beaufsichtigen möchte, sondern ich möchte auch an der Begeisterung der Kinder teilhaben. Aber eine Fachkraft muss auch aus versicherungstechnischen Gründen dabei sein.«

Opa Klaas und Herr Onnen lachen einvernehmlich und gehen jetzt auch gemeinsam zum Frühstück in den Seepferdchen-Raum.

Als das Frühstück beendet ist und die Kinder sich angezogen haben, werden aus dem Kartenraum die Leine, ein Spaten und ein Fernglas geholt.

»Wollen wir wieder einen Deich bauen?«, fragt Mattes. »Oder was machen wir mit dem Spaten?«

»Lasst euch überraschen«, lacht Opa Klaas. »Das werdet ihr noch früh genug sehen ….«

Auch Opa Klaas hält sich wie alle Kinder an einer Schlaufe des Seiles fest und ab geht es zum Deich. Als sie über den Dorfplatz gehen sagt Mattes: »Seht einmal zum Tante Emma-Laden, da drücken sich fünf Frauen die Nase an dem Schaufenster platt.«

Alle fangen an zu lachen und Herr Onnen sagt: »Die Frauen überlegen bestimmt, welchen Opa wir hier wohl an dem Seil abschleppen.«

Da hebt Opa Klaas die rechte Hand und winkt den Frauen mit einem charmanten Lächeln im Gesicht zu. Die Kinder erkennen nur noch, wie die Frauen einen roten Kopf bekommen und sich schnell von der Schaufensterscheibe entfernen. Die Kinder fangen an zu kichern und auch Elke und Herr Onnen müssen über Opa Klaas schmunzeln. »Die drücken ihre Nase nicht mehr platt«, lacht nun auch Opa Klaas.

Oben auf dem Deich angekommen, versammeln sich alle um Opa Klaas. »Was ist das größte Tier, was man hier im Wattenmeer sehen kann?«, fragt Opa Klaas die Kinder.

Die Kinder sehen in die Runde und da sagt Jelto: »Das sind die frechen Möwen dort oben am Himmel!«

»Das sind nicht die Möwen!«, ruft Mattes. »Das sind die Wildgänse, die hier immer einen Zwischenstopp einlegen!«

»Da haben wir schon einmal zwei Vögel«, sagt Opa Klaas. »Die freche Möwe ist immer bei uns an der Küste und sie sucht, wenn es Ebbe wird, im Watt nach Nahrung. Die Gänse kommen im Frühjahr und im Herbst bei uns vorbei, um sich von ihrem großen Flug bei uns zu erholen und zu stärken. Welche Vögel sind denn noch im Watt zu sehen?«

»Die Urlauber!«, ruft Mattes.

»Das sind aber doch keine Vögel«, lacht Herr Onnen und schüttelt mit dem Kopf.

Mattes sieht Herrn Onnen an und sagt: »Opa Meier sagt immer: „Da kommen die Zugvögel aus Nordrhein-Westfalen“, wenn Urlauber den Deich hoch kommen.«

»Das sagt man so, Mattes«, lacht Opa Klaas. »In dem Begriff „Zugvögel“ kommt wohl das Wort „Vogel“ vor – aber das darf man in diesem Fall doch nicht wörtlich nehmen! Aber du hast nicht ganz unrecht. Die Gänse wären fast die größten Tiere im Wattenmeer, wenn wir unseren Seehund nicht hätten. Seht ihr die drei Seehunde dort hinten auf der Sandbank liegen?«

Alle Kinder und auch Elke betrachten das Wattenmeer, können die Seehunde aber nicht finden. »Wir finden keine Sandbank und auch keine Seehunde, Opa Klaas«, antworten die Kinder.

Opa Klaas nimmt das Fernglas aus dem Köcher und gibt es Elke: »Wenn du zu dem Fischkutter dort hinten siehst und dann etwas nach rechts gehst, dann kannst du die Sandbank und auch die Seehunde sehen.«

Elke hält sich das Fernglas vor die Augen und sucht den Fischkutter. Als sie das Boot gefunden hat, schwenkt sie etwas nach rechts herüber und sieht dann auch die Sandbank. »Da sind die Seehunde!«, ruft Elke begeistert. »Es sind drei Seehunde und ein Seehundbaby!«

Mattes sieht seinen Opa an und fragt: »Wie kannst du das ohne Brille sehen, Opa? Zum Lesen der Zeitung setzt du eine Brille auf und die Seehunde erkennst du so? Oder liegt es daran, dass es Seehunde sind, was ja auch vom Sehen kommt?«

Opa Klaas muss lachen und antwortet: »Ich kann nicht schlecht sehen Mattes, aber zum Zeitunglesen sind meine Arme zu kurz, denn ich bin weitsichtig. Aber das Wort „Seehund" kommt nicht von „sehen", sondern von der See!«

Alle amüsieren sich köstlich und wollen jetzt auch die Seehunde sehen. Die Kinder stellen sich nacheinander auf die Bank am Siel und mit Elkes Unterstützung und dem Fernglas können auch sie die Seehunde und das Seehundbaby auf der Sandbank erkennen.

»Seehundbabys nennt man auch Heuler«, erklärt Opa Klaas. »Denn immer, wenn ein Seehundbaby seine Mutter ruft, hört sich das wie Weinen an.«

»Darum nennen wir die Mädchen auch Heulsusen«, stichelt Mattes und sieht frech grinsend in die Runde.

Doch bevor die Mädchen Protest einlegen können, ergreift Elke das Wort: »Ehe das Wasser gleich wieder kommt, sollten wir unsere Wattwanderung beginnen. Die weichen Heulsusen ziehen ihre Gummistiefel an, und die harten Jungs können barfuß durchs Watt laufen.«

Opa Klaas, Herr Onnen und die Mädchen kichern, nur die Jungs sehen sich fragend an. »Wir müssen nach der Wattwanderung dann auch keine Stiefel putzen«, freut sich Mattes und zieht seine Schuhe und Socken aus. Die anderen Jungs machen es ihm nach und krempeln auch noch die Hosenbeine hoch.

Als Opa Klaas und Herr Onnen ihre Gummistiefel anziehen, fangen die Mädchen und Elke an zu lachen: »Seid ihr auch Mädchen?«

»Wir müssen doch noch mit dem Spaten graben und dafür tragen wir die Stiefel«, überzeugt Opa Klaas die Mädchen. »Sollen wir uns denn die Füße verletzen?«

»Ihr seid Warmduscher!« ruft Mattes. »Mit dem Spaten graben kann auch Elke, die trägt als Mädchen doch Stiefel.«

Ohne weiteren Kommentar nimmt Opa Klaas den Spaten und geht langsam den Deich hinunter ins Watt: »Lauft bitte langsam, denn die Steine sind vom Wasser und den Algen noch glatt. Hier lernt ihr dann auch gleich die erste Pflanze im Watt kennen.«

Als alle unten angekommen sind, sacken die Jungs schon bis zu den Knöcheln in das Watt ein. Der Schlick quillt durch die Zehen der Jungs und verursacht ein unangenehmes, kaltes Gefühl. »Ich möchte auch lieber meine Gummistiefel anziehen«, jammert Fritz.

»Stell dich nicht so an!«, ruft Mattes. »Deine Füße sind sonst auch immer schmutzig, dann lohnt sich das Waschen heute wenigstens.«

Alle lachen und Fritz läuft tapfer weiter. Als sie ein weiteres Stück gegangen sind, fängt Enno plötzlich an zu schreien und alle sehen erschrocken nach ihm.

»Was ist mit dir, Enno?«, fragt Elke mit ängstlichem Blick.

»Ich bin in etwas ganz Ekeliges und Glitschiges getreten!«, kreischt Enno und schüttelt seinen rechten Fuß hin und her.

»Ich helfe dir schnell«, lacht Opa Klaas. »Das ist nur eine tote Qualle, die von der letzten Flut angespült wurde.« Er nimmt Ennos Fuß und streift das glitschige Etwas mit der Hand ab.

Opa Klaas, gefolgt von den Kindern, läuft jetzt weiter ins Watt hinaus und Herr Onnen geht als letzter hinter der Gruppe her. An einem Priel, wo etwas Meerwasser stehen geblieben ist, hält Opa Klaas an: »Was seht ihr hier für Tiere?«

»In dem schmutzigen Wasser leben Tiere?«, fragt die kleine Antje mit verzogenem Gesicht.

»Ja!«, lacht Opa Klaas. »Nicht nur in dem Wasser, auch in dem Watt oder Schlick in dem du stehst, leben viele Tiere.«

Ungläubig sehen die Kinder auf den Schlick und Enno fragt: »Können die Tiere mir auch in die Zehen beißen?«

»Nein!«, lacht Opa Klaas. »Das sind alles nur kleine Tiere. Es könnte höchstens ein Wattwurm zwischen deinen Zehen hindurch kriechen.«

Enno sieht Opa Klaas angsterfüllt an. Die Mädchen lachen und Elke sagt: »Gut, dass wir Mädchen unsere Gummistiefel an haben.«

»Ich werde euch gleich einen Wattwurm ausgraben«, sagt Opa Klaas. »Aber zuerst wollen wir die Tiere des Prieles suchen.«

Die Kinder und Elke stellen sich hinter Opa Klaas und passen genau auf, was er alles aufhebt. »Das hier ist eine Muschel«, sagt Opa Klaas. »Wie könnte die wohl heißen?«

»Elke!«, ruft Antje ganz schnell. »Die Muschel könnte gut Elke heißen!«

»Antje!«, lacht Opa Klaas. »Wildtiere haben keinen Vornamen wie du und ich. Die Muschel hat einen Namen nach ihrem Aussehen.«

Die Kinder sehen zuerst Opa Klaas und dann die Muschel in seiner Hand an.

Leise und etwas zögerlich fragt Antje: »Ist das eine Herzmuschel?«

»Ja, das ist richtig!" sagt Opa Klaas zu Antje. »Das ist eine Herzmuschel, die noch lebt, denn ihr könnt hier ihr Fleisch erkennen. Am Strand oder am Ufer findet ihr fast nur ihre leeren, aufgeklappten Gehäuse in allen möglichen Farben. Ebenfalls können wir die Miesmuschel und Schwertmuschel hier im Wattenmeer finden. Nun passt einmal auf, was die Herzmuschel macht, wenn ich sie in das flache Wasser lege.«

Antje sieht Opa Klaas mit großen Augen an: »Dann wird die arme Muschel doch ertrinken, Opa Klaas!«

Opa Klaas beginnt zu grinsen und bückt sich zu Antje herab: »Fische und Muscheln können nicht ertrinken, sie leben doch im Wasser. Aber jetzt seht einmal genau hin, was die Muschel tut!« Opa Klaas schmunzelt immer noch und setzt die Herzmuschel vorsichtig ins flache Wasser.

Die Kinder, Elke und auch Herr Onnen sehen gespannt auf die Muschel. Doch plötzlich wird die angespannte Ruhe von Mattes gestört: »Die Muschel streckt uns ihre Zunge aus, sie mag uns nicht!«

Opa Klaas stößt Mattes sanft an: »Ihr müsst jetzt ganz ruhig sein und genau aufpassen.«

Zuerst hat die Herzmuschel ihren muskulösen Fuß heraus gestreckt und sich aufgerichtet. Nun beginnt die Muschel sich zu schütteln, als ob sie vibrieren würde und dann versinkt sie durch diese Bewegung langsam im Watt. So gräbt sich die Herzmuschel drei bis fünf Zentimeter tief in das Watt hinein.

Antje sieht Opa Klaas an und sagt leise: »Jetzt ist sie wieder verschwunden.«

Herr Onnen schüttelt ungläubig seinen Kopf hin und her und klopft Opa Klaas auf die Schulter: »So etwas habe ich auch noch nicht gesehen!«

Plötzlich ruft Geske ganz aufgeregt: »Da winkt uns jemand aus dem Wasser zu, Opa Klaas!«

Opa Klaas greift in das Wasser und holt vorsichtig ein kleines Tier heraus: »Das ist eine Strandkrabbe. Womit sie Geske da zuwinkt, das sind ihre Scheren, damit fängt sie ihre Nahrung. Wenn ich sie nun wieder in das Watt setze, werdet ihr sehen, dass sie auf ihren acht Beinen seitlich laufend ausreißen wird.«

Opa Klaas setzt die Strandkrabbe wieder auf den Grund und als er sie los lässt, rennt sie tatsächlich, wie vorhergesagt, davon. Die Kinder lachen über die Gangart der Krabbe und Geske fragt ihren Opa: »Wo will die Krabbe denn so schnell hin?«

»Die kleine Krabbe muss sich schnell im Watt oder im Priel verstecken, genau wie die Herzmuschel«, sagt Opa Klaas, »sonst wird sie von der Möwe oder anderen Vögeln gefressen. Da ist noch jemand, der Angst hat!«, und schon greift Opa Klaas wieder in das Wasser. »Das ist eine Nordseegarnele oder Granat, wie wir an der Küste sagen. Die wird nicht nur von den Vögeln und Krabben gejagt, sondern auch von uns Menschen.«

Tomke sieht Opa Klaas traurig an und sagt: »Setzt du den Granat bitte in den Priel zurück.«

»Das mache ich, Tomke«, lacht Opa Klaas. »Mit einem Granat kann ich mir noch kein Krabbenbrötchen machen.«

»Opa Klaas!«, ruft Enno. »Warum steckt denn der Vogel seinen langen Schnabel dauernd in den Dreck?«

»Das ist ein Austernfischer, der sein Essen sucht, Enno. Der steckt seinen langen, dünnen Schnabel in den Schlick, um Wattwürmer zu fangen. Meistens bekommt er aber nur ein kleines Stück vom hinteren Teil des Wattwurmes zu fassen. Da der Wattwurm dann aber schnell tiefer in das Watt kriecht, verliert er nur ein kleines Stück von seinem dünnen Ende, kann aber weiter leben.«

»Warum frisst der Austernfischer denn nicht die Sandwürmer, die da vorne liegen?«, will Mattes wissen.

Opa Klaas dreht sich um und sagt: »Dort wohnt ein Wattwurm!«

Mattes fängt an zu lachen: »Opa, du bist weitsichtig, aber ich glaube nicht, dass du in den Schlamm hinein sehen kannst.«

»Ich weiß aber, wie ein Wattwurm lebt«, grinst Opa Klaas Mattes an. »Wenn ein Wattwurm auf Nahrungssuche ist, saugt er den Sand auf und filtert alles Essbare heraus. Den reinen Sand, der dann noch übrig bleibt, scheidet er dann an der Wattoberfläche wieder aus. An diesen Sandwürmern, wie du sagst Mattes, erkennt auch der Austernfischer, wo er suchen muss.«

Mattes und auch die anderen Kinder sehen Opa Klaas fragend an.

»Kannst du uns denn solch einen Wattwurm einmal zeigen?«, fragt Elke.

»Aber sicher!«, ruft Opa Klaas erfreut. »Ich weiß doch, wo er wohnt!«

Opa Klaas nimmt den Spaten und drückt ihn mit dem Fuß in das Watt. Vorsichtig hebt er mit dem Spaten ein Stück Schlick hoch und legt ihn neben dem Loch ab. Nun nimmt er die Hände und bricht den Schlick vorsichtig auseinander. »Wir wollen nun einmal sehen, was alles in diesem kleinen Stück Watt lebt. Hier haben wir schon einmal eine Herzmuschel und dort ist noch eine. Was haben wir denn hier?« Opa Klaas spült das gefundene Gebilde im Wasser ab und sagt: »Das ist eine Miesmuschel, die wird auch von uns Menschen gegessen. Wir wollen sie aber nur betrachten«, beruhigt Opa Klaas die Kinder und drückt die Muschel der kleinen Antje in die Hand.

»Die Muschel ist doch viel zu hart Opa Klaas, wer soll die denn beißen«, sagt Antje.

Alle fangen an zu lachen und Opa Klaas antwortet: »Antje, die Muschelschale ist aus Kalk, die kann man nicht essen. Die Muschel wird im Salzwasser gekocht und dann wird das Muschelfleisch zum Essen aus der Schale herausgenommen. Aber nun muss ich unseren Wattwurm suchen, sonst ist er ausgerissen und Mattes glaubt mir nicht.«

Opa Klaas nimmt wieder beide Hände, um im Wattklumpen nach dem Wattwurm zu suchen. »Ich glaube, ich habe den Wurm gefunden«, freut sich Opa Klaas und wäscht auch den Wattwurm im Wasser ab. Als er die Hände aus dem Wasser nimmt, hält er einen fast fünfzehn Zentimeter langen Wurm hoch. Die Mädchen schreien auf und auch Enno findet den Wurm nicht gerade schön. Er wird plötzlich ganz ruhig und wirkt wie weggetreten.

»Enno, was ist mit dir?«, fragt Herr Onnen. »Du bist so blass um die Nase geworden.«

Enno sieht Herrn Onnen an und sagt mit zitternder Stimme: »Ich habe mir gerade vorgestellt, wie solch ein Wurm zwischen meinen Zehen hindurch kriecht.«

»Der Wattwurm tut dir nichts«, erklärt Opa Klaas. »Der Wurm frisst nur Sand und keine kleinen Kinder. Ich werde ihn euch einmal zeigen. Wo der Wurm so dick ist, da ist das Vorderteil. Hier ganz vorne, wo die rundliche Öffnung ist, da ist sein Mund. Hier stopft er den Sand hinein und am dünnen hinteren Ende kommt er dann gefiltert wieder heraus.«

Nun geht Opa Klaas mit dem Tierchen zu Elke und sagt: »Ich werde dir den Wattwurm nun in die Hand legen und du kannst ihn aus aller Nähe betrachten. Danach gib ihn bitte auch an die Kinder weiter.«

»Ich«, stottert Elke, »ich kann den Wattwurm auch so gut erkennen.«

Fast alle Jungs finden es lustig, dass Elke Angst vor einem Wurm hat. Nur die Mädchen und Enno haben Verständnis für Elkes Abneigung. Doch diese nimmt allen Mut zusammen und lässt sich den Wattwurm in die Hand legen.

»Es ist doch nicht so schlimm«, sagt Elke zu den Kindern. »Es kribbelt zwar etwas, aber so kann man den Wattwurm doch besser von allen Seiten betrachten und einen solchen Wattwurm zu spüren ist auch ein Erlebnis.«

Nun nehmen auch die Jungs den Wurm in die Hand und die ersten Mädchen fangen an, ihn mit dem Finger vorsichtig zu streicheln. Die Kinder sind so mit dem Wattwurm beschäftigt, dass sie gar nicht bemerken, dass sie immer tiefer im Schlick versinken. Durch ihre Bewegungen hin und her, sind alle schon fast bis zu den Waden im Schlick eingesackt. Opa Klaas bemerkt es zuerst und sagt, ohne die Kinder zu beunruhigen: »Ich glaube, wir sollten uns langsam auf den Rückweg zum Deich machen, dort können wir uns die Algen dann noch ansehen.«

Mit einem kräftigen Ruck ziehen Opa Klaas und Herr Onnen ihre Füße aus dem Schlick heraus. Da die Jungen keine Stiefel tragen, können auch sie ihre Füße mit geringer Anstrengung aus dem Schlick befreien. Aber als Elke ihren Fuß hochhebt, bleibt ihr Gummistiefel im Schlick stecken und nur der Fuß mit der hellen Socke kommt heraus. Elke streckt die Arme aus um ihr Gleichgewicht zu halten, aber es reicht nicht aus und sie muss sich mit dem Fuß im Schlick abstützen. Sofort versinkt ihr Fuß mit der schönen, hellen Socke im Schlick und Elke ruft: » Herr Onnen! Helfen sie mir bitte eben, ich komme hier nicht heraus!«

Mit zwei Schritten ist Herr Onnen bei Elke und stützt sie ab. »Ich glaube, du wirst deine Stiefel auch ausziehen und barfuß laufen müssen.«

»Das glaube ich auch«, sagt Elke und zieht beherzt auch den zweiten Fuß aus dem Stiefel heraus. »Auch wir Mädchen hätten gleich ohne Stiefel gehen sollen«, lacht Elke. »So kann man das Wattenmeer nicht nur sehen, sondern auch richtig spüren.«

Nun hebt Herr Onnen auch die anderen Mädchen hoch, aber auch ihre Gummistiefel stecken im Schlick fest. Also zieht Elke den Mädchen schnell die Socken aus, bevor Herr Onnen sie dann ganz langsam und sanft wieder im Schlick absetzt. Nur bei der kleinen Antje klappt es nicht, sie winkelt die Beine so sehr an, dass Herr Onnen sie nicht hinstellen kann.

»Antje!«, sagt Herr Onnen energisch. »Ich kann dich so nicht lange halten! Ich setzte dich gleich so ins Watt, wenn du Dich nicht hinstellen lässt.

Die Jungs fangen laut an zu grölen und rufen wie aus einem Mund: »Oh ja, Herr Onnen, setzen sie Antje doch hin!«

»Nein!«, schreit Antje laut auf und streckt schnell die Beine gerade. Herr Onnen stellt nun auch sie ganz sanft auf den Boden und Elke nimmt ihre Hand.

Da fängt Opa Klaas plötzlich ganz laut an zu lachen und sagt: »Solche Wattbewohner habe ich noch nie gesehen.«

Alle drehen sich aufgeregt um und müssen mitlachen, denn mitten im Watt stehen drei Paar kleine und ein Paar große Gummistiefel, wie bestellt und nicht abgeholt. »Wollen wir die nicht mitnehmen?«, lacht Opa Klaas.

Sofort gehen die Jungs zu den Stiefeln und ziehen sie mit großer Anstrengung heraus. Nur die Stiefel von Tomke sitzen so tief im Schlick, dass die Jungen sie auch zu zweit und mit großem Kraftaufwand nicht heraus bekommen.

»Habt ihr heute zum Frühstück kein Ei gehabt?«, lacht Herr Onnen die Jungen aus. »Soll ich euch eben zeigen, wie das geht?«

Herr Onnen geht zu den Stiefeln und ergreift mit beiden Händen den Schaft und zieht kräftig an. „Die sitzen aber fest", denkt er bei sich und zieht mit rotem Kopf noch fester an dem Stiefelschaft. Aber da rutscht er plötzlich mit den Händen von dem Stiefelschaft ab und landet mit dem Hosenboden in dem Schlick.

Wenn Herr Onnen nicht schon vom kräftigen Ziehen einen roten Kopf gehabt hätte, dann hätte er bestimmt jetzt einen bekommen. Alle, außer Herr Onnen, krümmen sich vor Lachen. Sie kommen nicht einmal auf die Idee, ihm zu helfen.

Herr Onnen versucht, sich mit den Händen im Schlick abstützend, wieder aufzurichten. Mit eigenartigen Verrenkungen des ganzen Körpers schafft er es dann schließlich auch.

Zuerst erholt Mattes sich vom Lachen und sagt: »Herr Onnen! Sie haben zwar saubere Füße, aber ihre Hände sind unter Schlick und ihr Hosenboden sieht auch nicht besser aus.«

Opa Klaas zieht Mattes am Ärmel und sagt leise: »Höre bitte jetzt mit deinen Sprüchen auf Mattes, Herr Onnen ist jetzt nicht zu Späßen aufgelegt.« Opa Klaas hat gesehen, dass Herr Onnen nicht nur eine schmutzige und nasse Hose hat, sondern sich seine hinteren Hosentaschen bis oben mit Schlick gefüllt haben. In diesem Zustand sollte man einen Lehrer nicht auch noch ärgern.

»Ja! Ja!«, sagt Herr Onnen als er wieder steht und sich mit den Händen den Schlick aus den Hosentaschen holt. »Wer den Schaden hat, braucht für den Spott nicht zu sorgen.«

»Ich werde die Stiefel holen«, sagt Opa Klaas verlegen und geht mit dem Spaten zu den Stiefeln. Er sticht zweimal in den Schlick und schon hat er die Stiefel ohne große Anstrengung befreit.

»Ja«, lacht Herr Onnen, »so hätte ich es auch machen sollen. Zuerst nachdenken und dann handeln.«

»Wir müssen die Wattwanderung nun beenden«, sagt Elke. »Es ist bereits halb zwölf und Herr Onnen hat einen nassen, kalten Hosenboden und es sieht aus, als ob gleich die Flut kommt. Langsam laufen jetzt alle wieder zum Deich zurück. Die Mädchen tragen ihre Stiefel jetzt in den Händen und waten durch den Schlick. Am Deich ankommen, sehen sie aus, als ob sie alle die gleichen Stiefel anhätten. Der Schlick hat sich bis auf Wadenhöhe um die Füße und Beine gelegt und alles hellgrau eingefärbt.

Elke betrachtet zuerst die Kinderbeine und dann ihre eigenen: »Wir werden barfuß zum Kindergarten zurück laufen und dann unsere Füße und Beine auf dem Schulhof mit Wasser abwaschen.«

»Herr Onnen wird auch seine Hände und seinen Hosenboden reinigen müssen«, lacht Mattes. »Heute wird Herr Onnen das Dorfgespräch sein und nicht ich.«

Alle, außer Herr Onnen, müssen lachen und begeben sich gemeinsam auf den Weg zum Kindergarten. Als sie auf den Dorfplatz kommen, bleiben die Leute stehen und grinsen beim Anblick der Kinder. Doch als sie Herrn Onnen von hinten sehen, müssen sie lauthals lachen. Herr Onnen hat immer noch einen roten Kopf und wagt es nicht, sich umzudrehen.

„Der Lehrer wird diesen Tag nicht vergessen und hoffen, dass ich nie wieder in den Kindergarten komme", denkt Opa Klaas bei sich. „Wie kann ich das nur wieder gut machen?"

Als die Gruppe am Ziel an kommt, stehen bereits die ersten, lachenden Mütter vor der Tür. Sie holen schnell einige Eimer mit Wasser und helfen den Kindern, wieder sauber zu werden. Herr Onnen zieht seine Stiefel aus und verschwindet schnell im Lehrerzimmer, wo er sich eine saubere Hose anzieht. Die hat er dort immer im Schrank liegen, falls er beim Fahrradfahren im Regen mal nass werden sollte.

Nachdem Opa Klaas seine Gummistiefel gereinigt hat, geht er zu Elke und sagt ganz leise: »Ich weiß nicht, wie ich Herrn Onnen gleich unter die Augen treten soll. Das war ja ein Tag der Katastrophen.«

»Aber Opa Klaas!«, lacht Elke. »Das war ein Vormittag, den die Kinder und auch ich nicht so schnell vergessen werden. Wir haben sehr viel gelernt und dabei auch noch Spaß gehabt. Ich wünsche mir für meine Zukunft in den Kindergärten, dass oft Großeltern kommen und sich mit mir um die Kinder kümmern. Du musst doch auch in den Augen der Kinder die Begeisterung gesehen haben.«

»Ja«, grübelt Opa Klaas, »bei den Kindern! Aber eine Lehrkraft wird das anders sehen, die leben doch nach Richtlinien und Vorschriften.«

Plötzlich zucken Elke und Opa Klaas zusammen. Herr Onnen hatte wohl schon eine Weile in der Tür gestanden und alles mitgehört: »Das mit den Richtlinien stimmt schon, aber so wie in ihrer Schulzeit ist es heute nicht mehr. Den heutigen Vormittag kann man als erfolgreichen Projekttag einstufen. Wie locker und witzig sie das Fachliche an die Kinder vermittelt haben, das schafft kein Lehrer im Klassenzimmer. Ich bin froh, dass ich bei der Wattwanderung dabei sein konnte. Auch ich habe viel gelernt und werde versuchen, meine bei ihnen entwickelten Ideen in meinen Unterricht einzubinden.«

Herr Onnen geht auf Opa Klaas zu, reicht ihm die Hand und sagt: »Danke für den heutigen Unterricht. Ich würde mich freuen, wenn sie uns noch einmal besuchen kommen.«

»Ja, bitte!«, rufen alle Kinder, die sich mittlerweile um die drei herum versammelt haben. »Dann machen wir wieder einen tollen, lustigen Vormittag.«

Opa Klaas wird ganz verlegen und weiß nicht, was er antworten soll. Als Mattes seinen Opa so dastehen sieht sagt er: »Mein Opa wird bestimmt gerne wieder kommen, aber jetzt müssen wir schnell nach Hause. Meine Mutter hat bestimmt schon das Essen fertig und die wartet nicht gerne.«

Alle müssen lachen und Herr Onnen sagt: »Das wissen wir, Mattes, bei euch ist es wie bei allen Ostfriesen. In Ostfriesland gibt es um 12:00 Uhr das Mittagessen und um 15:00 Uhr den Tee. Wie sagt ein Sprichwort auch noch: „Wer nicht kommt zur rechten Zeit, der muss sehen was übrig bleibt."«

Wieder müssen alle lachen und die Kinder und Elke verabschieden sich mit einem strahlenden Gesicht von Opa Klaas.

Opa Klaas geht mit Geske und Mattes an den Händen nach Hause, und als sie die Küche betreten, sitzen Oma Eske und die Mutter bereits mit einem fragenden Ausdruck im Gesicht am Küchentisch: »Wir warten schon gespannt darauf, dass ihr endlich kommt! Wie hat Opa den Kindergarten überstanden?«

Mattes grinst die beiden an: »Es war ein schöner und lustiger Vormittag mit Opa im Watt. Heute bin nicht ich das Dorfgespräch von „Klein Kluntje-Siel", sondern Herr Onnen. Dafür hat Opa Klaas gesorgt.«

Oma Eske beginnt zu lachen und Mattes Mutter bekommt einen roten Kopf: »Hoffentlich darf ich mich im Kindergarten noch sehenlassen. Was habt ihr nur wieder angestellt? Euch darf man zusammen nirgends hinlassen.«

»Ach«, sagt Opa Klaas ganz ruhig. »Die Kinder und Elke waren begeistert von unserer Wattwanderung, mit allen Höhen und Tiefen. Nur Herr Onnen musste sich unbedingt in den Schlick setzen, aber auch er hat alles gut überstanden.«

Doch so genau will Mattes Mutter das im Moment alles gar nicht wissen und kümmert sich kopfschüttelnd um das Mittagessen.

⁕ DER WETTKAMPF ⁕

Es ist Ende April in „Klein Kluntje-Siel" und seit ein paar Tagen scheint die Sonne. Es ist schon fast wie im Sommer und überall spürt man die gute Laune. Eigentlich ist der April in Ostfriesland eher regnerisch, aber in diesem Jahr ist es anders. Oma Eske kann ihre ersten Gartenarbeiten machen und der Ostfriesennerz darf im Schrank hängen bleiben. Alle sitzen mit einem Lächeln im Gesicht am Frühstückstisch, nur Mattes grübelt vor sich hin. Die Mutter sieht ihn fürsorglich an und fragt: »Was ist mit dir Mattes? Wirst du etwa krank?«

Mattes sieht seine Mutter traurig an: »Nein, Mama, ich bin nicht krank. Darf ich heute im Kindergarten fehlen und Oma Eske im Garten helfen?«

»Aber Mattes«, sagt die Mutter besorgt, »irgendetwas stimmt doch nicht mit dir. Hast du Angst oder hast Du etwas ausgefressen?«

»Nein«, sagt Mattes leise und bedrückt, »ich habe nichts.«

Der Vater sieht seinen Sohn nun auch fragend an: »Du warst gestern Abend schon so ruhig, das kennt man gar nicht von dir. Was ist mit dir los, Mattes? Wenn du nicht darüber redest, dann kann dir auch keiner helfen. Bei einer guten Tasse Ostfriesentee lässt sich eigentlich immer alles klären.«

»Ich«, murmelt Mattes leise vor sich hin, »ich und meine Freunde haben Ärger im Kindergarten. Der Johann und seine Freunde aus der dritten Klasse sagen in den Pausen immer „Windelpupser“ und andere Schimpfwörter zu mir und die anderen Schüler lachen dann über uns Kindergartenkinder. Meine Freunde halten zu mir, aber ich weiß nicht, wie ich mich dagegen wehren soll. Johann ist drei Jahre älter und stärker als ich.«

»Aber du bist doch sonst nicht auf den Mund gefallen, Mattes«, sagt der Vater. »Mit Gewalt kann man so etwas nicht lösen! Da müssen wir uns etwas anderes ausdenken. Habt ihr schon mit Herrn Onnen, eurem Lehrer, darüber gesprochen?«

Mattes nickt mit dem Kopf und sagt: »Mit Herrn Onnen haben wir auch schon darüber geredet und er hat dann mit Johann geschimpft. Aber seitdem ist es noch schlimmer geworden und sie rufen: „Weint euch doch bei Mama aus, ihr Windelpupser!“«

Der Vater überlegt und überlegt, findet aber auch keine vernünftige Lösung. »Ruf Opa Klaas doch eben an, der hat immer gute Ideen.«

Mattes geht nachdenklich zum Telefon und ruft den Opa in Emden an. Nun erzählt er seinem Opa Klaas, was er und seine Kindergartenfreunde mit den Schülern der dritten Klasse für Probleme haben. Es ist ein längeres Telefongespräch und Mattes kommt danach wieder aufgemuntert in die Küche zurück.

Der Vater sieht schon an Mattes Gesicht, dass Opa Klaas wohl eine Lösung gefunden hat und fragt: »Na, mein Junge, was hatte dein Opa denn für eine Idee?«

»Er meint, dass wir uns einen neutralen Schiedsrichter suchen sollen und mit den Schülern der dritten Klasse einen Wettkampf machen.«

»Aber die sind doch älter und stärker als ihr Kindergartenkinder«, bemerkt der Vater.

»Wir sollen auch keinen Kampfsport und kein Wettrennen machen! Vier der Kindergarten Kinder und vier Schüler der dritten Klasse machen vor den anderen Schülern das Ostfriesenabitur.«

Der Vater beginnt laut zu lachen und sagt: »Eine solche Idee kann auch nur von Opa Klaas kommen. Und Opa Klaas spielt den Schiedsrichter?«

»Nein!«, sagt Mattes. »Opa Klaas ist doch nicht neutral, er hat Opa Meier und Opa Fritzen vorgeschlagen. Opa hat gesagt, dass das zwei alte Hasen sind und sie bestimmt das Ostfriesenabitur kennen. Ich werde heute Nachmittag zum Siel gehen und mit ihnen reden, da sitzen die beiden dann immer auf der Bank.«

In diesem Moment ruft die Mutter durchs Haus: »Ihr müsst eure Jacken anziehen, wir müssen zum Kindergarten!«

Alle verabschieden sich und der Vater ruft Mattes noch hinterher: »Heute Abend kannst du mir erzählen ob Opa Meier und Opa Fritzen euch helfen werden. Tschüs!«

Auf dem Weg zum Kindergarten kommen der Familie Jacobs beide Opas und Bello entgegen. »Moin!«, rufen alle wie aus einem Mund und auch Bello gibt durch Bellen seinen Gruß dazu.

»Darf ich euch heute Mittag auf dem Deich besuchen?«, fragt Mattes etwas bedrückt.

»Das musst du doch nicht fragen, Mattes. Wir freuen uns immer, wenn du kommst«, antwortet Opa Meier.

»Ich wollte euch fragen«, sagt Mattes etwas leise und schüchtern, »ob ihr Schiedsrichter bei einem Wettkampf zwischen Kindergartenkindern und Schülern sein könntet? Wir wollen das Ostfriesenabitur machen.«

»Das musst du uns heute Nachmittag genauer erzählen, aber wir werden als Schiedsrichter dabei sein«, lacht Opa Meier. »Endlich eine spannende Aufgabe für uns.«

Nun fällt Mattes ein Stein vom Herzen. Der erste Schritt der Idee seines Opas Klaas ist geschafft. Als nächstes muss er nun Tammo, Jelto und Tomke überzeugen, an diesem Wettkampf teilzunehmen.

Als sie im Kindergarten ankommen, ist der Seestern-Raum mit Girlanden und Luftballons geschmückt. Mattes hat in der Aufregung ganz vergessen, dass die Praktikantin Elke heute ihren letzten Arbeitstag hat. Schnell stellt er sich zu den anderen Kindern vor die Wandtafel. Die Kinder wollen Elke an ihrem letzten Tag in „Klein Kluntje-Siel" mit dem Lied „Wir sind Ostfriesenkinder" empfangen. Frau Eilers steht schon am Fenster, um auch rechtzeitig mitzubekommen, wenn Elke mit dem Bus ankommt. Heute hat Herr Buskohl auf seine Frühstückspause bei der Post verzichtet, um die Kinder auf dem Schifferklavier bei dem Lied zu begleiten. Das soll für Elke eine besondere Überraschung werden.

»Der Bus kommt!«, ruft Frau Eilers auf einmal ganz aufgeregt. »Alle auf ihre Plätze!«

Herr Onnen geht schnell nach draußen, um Elke die Taschen abzunehmen, denn sie hat beide Arme voll und kann so die Tür nicht öffnen. »Moin Elke! So beladen? Ich werde dir die Taschen abnehmen, gehe du schon in den Seestern-Raum.«

»Wie komme ich zu der Ehre, dass sie, Herr Onnen, mir mein Gepäck abnehmen wollen? Die Taschen müssen in den Seepferdchen-Raum, ich habe Kuchen mitgebracht.«

»Für gute Mitarbeiter mache ich alles«, lacht Herr Onnen und nimmt die Taschen. »Gehe du jetzt in den Seestern-Raum, die Kinder warten schon.«

Elke sieht Herrn Onnen fragend an und geht zur Tür. Als sie diese öffnet, rufen alle Kinder ihr ein lautes »Moin!« entgegen und Herr Buskohl beginnt auf dem Schifferklavier zu spielen. Frau Eilers gibt den Kindern ein Zeichen zum Einsatz und die Kinder singen laut und deutlich und dabei schunkelnd ihr Lied. So wie sie es bei Elke gelernt haben. Elke steht begeistert in der Tür und kann ihre Tränen der Freude nicht unterdrücken. Mit dem Schifferklavier von Herrn Buskohl klingt das Lied doch wieder anders, als mit der Gitarre.

Als das Lied zu Ende ist, bedankt Elke sich bei jedem Kind und drückt es. »Das habt ihr super gemacht, Kinder!« sagt Elke gerührt. »Und dass sie, Herr Buskohl, sich die Zeit genommen haben, um hier zu spielen, finde ich toll. Sie spielen sehr gut auf dem Schifferklavier.«

»Ach«, sagt Herr Buskohl, »das habe ich sehr gerne gemacht. Die Kinder haben mich so lieb darum gebeten.«

»Dafür müssen sie jetzt aber mit uns Kuchen essen, den habe ich selber gebakken. Alle bitte in den Seepferdchen-Raum zum Kuchen essen!«, ruft Elke durch den Raum und schon rennt die Rasselbande mit lautem Geschrei los.

Als alle einen Sitzplatz gefunden haben, fangen die Kinder plötzlich laut an zu lachen. Der lange Herr Buskohl hat sich auf einen kleinen Kinderstuhl gesetzt und seine Knie stehen so hoch, dass sie weit über die Tischkante hinaus ragen, während seine Hände auf dem Boden liegen.

»Setzen sie sich doch zu mir«, sagt Herr Onnen. »Hier steht noch ein großer Stuhl.«

Herr Buskohl versucht aufzustehen, aber ohne die Hilfe von Elke und Frau Eilers schafft er es nicht. Die Kinder kommen aus dem Lachen nicht heraus, denn das Bild, wie Herr Buskohl aufzustehen versucht, kann man nicht beschreiben.

Auch Herr Onnen muss schmunzeln und sagt: »So ist es mir auch schon ergangen, Herr Buskohl, ich bin auf allen vieren herunter gekrabbelt.«

Als wieder etwas Ruhe eingekehrt ist, sagt Elke: »Ich möchte mich für die schöne Praktikumszeit in „Klein Kluntje-Siel“ und die vielen Erlebnisse, die ich mit euch haben durfte, bedanken. Es hat mir sehr viel Spaß mit euch gemacht, und der Berufswunsch, Kindergärtnerin zu werden, ist nun noch größer geworden. Lasst euch den Kuchen schmecken und jetzt einen guten Appetit!«

Alle klatschen mit den Händen und stampfen mit den Füßen auf dem Fußboden.

»Danke auch an dich, Elke!«, sagt Herr Onnen. »Selten hatten wir eine Praktikantin mit so viel Einsatz und Fingerspitzengefühl für Kinder, wie dich. Du wirst bestimmt eine gute Kindergärtnerin und wir hoffen, dass du noch oft an uns denken wirst.«

Da meldet sich Mattes und sagt: »Es ist noch lange nicht zwölf Uhr und somit hat Elke auch noch keinen Feierabend. Der Tag heute gehört noch uns.«

Elke muss lachen und sagt: »Dann lasst uns anfangen und die restlichen Krümel entsorgen.«

»Ich«, druckst Mattes herum, »ich habe noch ein Problem. Wir Kindergartenkinder werden immer noch von der dritten Klasse geärgert und ihr Schimpfen, Herr Onnen, hat auch nicht geholfen. Nun habe ich meinen Opa Klaas um Hilfe gebeten und der hatte eine Idee, wie wir uns gegen Johann und seine Freunde behaupten könnten. Wenn wir in einem gerechten Wettkampf die dritte Klasse besiegen würden, hätten wir vielleicht unsere Ruhe.«

Herr Onnen sieht Mattes nachdenklich an und meint: »Die Kinder der dritten Klasse sind euch aber körperlich überlegen. Wie wollt ihr da gewinnen?«

»Wir machen kein Wettrennen, sondern wir machen das Ostfriesenabitur! Opa Meier und Opa Fritzen sind schon unsere Schiedsrichter.«

Elke und Herr Onnen müssen lachen und beide sagen wie aus einem Mund: »Der Einfall kann auch nur von deinem Opa Klaas kommen.«

Die Kinder fangen an zu jubeln und rufen: »Den Wettkampf werden wir gewinnen!«

Herr Onnen sieht in die begeisterten Gesichter der Kinder und fragt: »Wer von euch will sich denn mit den Schülern messen?«

»Wir haben uns überlegt«, sagt Mattes mit entschlossener Miene und sieht in die Runde, »es werden Tammo, Jelto, Tomke und ich antreten.«

»Aber du hast uns doch noch gar nicht gefragt!«, ruft Jelto aufgeregt dazwischen.

Da meldet sich Tomke und fragt mit ruhiger Stimme: »Wenn wir es nicht als die Ältesten der Kindergartenkinder tun, wer soll es denn sonst machen, Jelto?«

Herr Onnen findet die Idee sehr gut und sagt: »Lasst uns das doch morgen bei dem Grillfest auf dem Spielplatz machen.«

»Dann können wir aber doch gar nicht mehr trainieren, Herr Onnen!«, rufen die Kinder erregt.

Herr Onnen lacht: »Johann und seine Freunde dann aber doch auch nicht. Ich werde der dritten Klasse in der nächsten Schulstunde erzählen, dass wir morgen auf dem Grillfest einen Wettkampf zwischen euch machen. Da ihr die Jüngeren seid, dürft ihr euch die fünf Disziplinen aussuchen.«

»Den Wettstreit will ich auch sehen«, lacht Elke. »Ich werde morgen auch mit dem Bus kommen und euch anfeuern! Ich habe da noch eine Idee. Wenn Herr Buskohl sein Schifferklavier mitbringt und ich meine Gitarre, dann können wir noch richtig für Stimmung sorgen.«

Die Kinder jubeln und rufen: »Wir werden Johann und seine Bande besiegen!«

»Und wir werden euch mit Musik unterstützen«, lacht Herr Buskohl und sieht erschrocken zur Uhr. »Ich habe meine Briefe ganz vergessen! Nun wird es aber Zeit!«

»Tschüs Herr Buskohl«, rufen die Kinder, »bis morgen!«

Elke und Frau Eilers gehen mit den Kindern in den Seestern-Raum und wollen sich über die Disziplinen des Ostfriesenabiturs unterhalten. Das Ostfriesenabitur wird oft mit den Feriengästen zur Belustigung gemacht. In vielen unterschiedlichen Übungen werden Spaß und Sport miteinander verbunden, und jeder Teilnehmer bekommt nach dem Abitur ein Zertifikat. In diesem Zertifikat wird den Feriengästen bestätigt, dass sie erfolgreich an dem Ostfriesenabitur teilgenommen und bestanden haben.

Als sich alle an den großen Tisch gesetzt haben, fragt Elke die Kinder: »Welche Disziplinen des Ostfriesenabiturs kennt ihr denn?«

Wie bei einer solchen Frage zu befürchten ist, rufen wieder alle Kinder durcheinander Begriffe in den Raum und dann auch noch teilweise auf hochdeutsch und plattdeutsch. Hier in Ostfriesland wird auf dem Land noch viel Plattdeutsch gesprochen, aber in der Stadt leider nicht mehr so oft.

Elke versteht aber kein Plattdeutsch und ruft hilflos: »Wir können zwar zusammen singen Kinder, aber nicht reden. Jetzt sagt doch bitte immer einer nach dem anderen eine Übung und bitte auf hochdeutsch!«

Frau Eilers muss grinsen und die Kinder fangen an zu lachen und rufen: »Elke kann kein Plattdeutsch!«

Elke sieht die Kinder verwundert an und fragt: »Könnt ihr denn alle Plattdeutsch?«

Da ergreift Mattes das Wort und sagt zu Elke: »Verstehen können wir das Plattdeutsche alle, Elke, aber sprechen kann es nur die Hälfte von uns. Wenn du länger bei uns gewesen wärst und öfters mit unseren Großeltern gesprochen hättest, könntest du es auch verstehen. Sei nicht traurig. Reden deine Großeltern denn nicht mit dir Plattdeutsch, Elke?«

Elke lächelt Mattes an und sagt: »Meine Eltern sind nach Emden gezogen, weil mein Vater hier Arbeit bekommen hat. Ich komme eigentlich aus dem Bundesland Hessen, wo auch meine Großeltern leben und dort redet man nicht plattdeutsch.«

Mattes lacht Elke an und sagt: »Denne wölen wi man mit di Hochdütsch prooten.«

Elke sieht Mattes mit offenem Mund an und fragt: »Was hast du gesagt?«

Die Kinder brechen wieder in Gelächter aus und Mattes sagt: »Ich habe gesagt: „Dann wollen wir man mit dir Hochdeutsch reden."«

Nun muss auch Elke lachen und sagt: »Mattes, du sagst mir nun die erste Disziplin vom Ostfriesenabitur.«

»Struukbessensmieten«, lacht Mattes Elke an. »Das heißt Strauchbesenwerfen. Der Besen kann entweder weit hinaus geworfen werden, oder man kann auch mit dem Besen in ein Ziel treffen. Zum Beispiel in einen großen Kreis.«

»Das sind dann ja schon zwei verschiedene Übungen «, lacht Elke und schreibt diese an die Wandtafel. »Was gibt es denn noch?«

So nach und nach füllt sich die Wandtafel mit: „Teebeutelzielwerfen, Wasser mit dem Tragjoch transportieren, Pultstockspringen, Wettmelken, Gummistiefelweitwurf, Krabbenpuhlen, Boßeln und Holzschuhlaufen."

Elke geht einen Schritt von der Tafel zurück und sieht sich die verschiedenen Aufgaben, die sie aufgeschrieben hat, an: »Und was wollt ihr davon machen? Kommt ihr vier, die gegen die dritte Klasse antreten wollt, eben nach vorne.«

Tammo, Jelto, Tomke und Mattes gehen zu Elke und versuchen Spiele heraus zu suchen, die sie gegen die Schüler gewinnen könnten.

Zuerst meldet sich Tomke und sagt: »Ich habe bei meinem Opa Harm das Krabbenpuhlen oder auch das Granatpuhlen wie viele sagen, gelernt. Das kann ich schon sehr schnell und würde das gerne machen.«

Elke fängt an zu grinsen und sagt: »Tomke, dann werde ich dich beim Puhlen genau beobachten, damit ich das dann auch einmal lerne.«

Da meldet sich Jelto und sagt mit einem Strahlen im Gesicht: »Ich habe auf meinem Kindergeburtstag das Teebeutelzielwerfen mit dem Mund gewonnen! Das würde ich gerne machen!«

Elke sieht Jelto fragend an: »Wie geht das denn mit dem Mund?«

Jelto muss lachen und erzählt, wie das gemacht wird: »Zuerst wird in etwa 2 Meter Entfernung ein Eimer, etwas schräg zum Werfenden hin, aufgestellt. Dann wird der Teebeutel nass gemacht und mit dem Mund am Papier, das am Band des Beutels hängt, festgehalten. Nun muss man durch Bewegen des Kopfes so viel Schwung auf den Teebeutel bekommen, dass - wenn man den Mund aufmacht - der Beutel bis zum Eimer fliegt und auch darin landet.«

Elke kichert: »So etwas habe ich noch nie gesehen. Machen Ostfriesen nur so verrückte Sachen?«

»Ja!«, sagt Mattes. »Nur Sport ist doch langweilig, wir wollen auch unseren Spaß dabei haben. Mein Opa Klaas sagt immer: „Wir haben nur so viele Feriengäste, weil sie sich überzeugen wollen, dass die Ostfriesen wirklich so sind, wie man überall erzählt." Darum haben wir doch auch unsere Ostfriesenwitze.«

Elke kommt aus dem Lachen nicht heraus: »Ich habe noch nie so viel gelacht, wie in diesen vier Wochen Praktikum hier bei euch. Was möchtest du denn machen, Mattes?«

»Ich möchte gerne mit dem Pultstock springen, das habe ich von meinem Opa Klaas gelernt.«

Elke macht schon wieder ein fragendes Gesicht: »Das wird ja immer verrückter.

Was ist das denn nun schon wieder?«

»Da muss man mit einem Stock über einen etwa zwei Meter breiten Sloot springen.«

»Worüber wird mit dem Stock gesprungen?«, fragt Elke mit verzogenem Gesicht und zuckt mit den Schultern.

Alle Kinder fangen wieder an zu lachen und Mattes sagt: »Entschuldige Elke, ein Sloot ist der plattdeutsche Name für einen Graben. Viele plattdeutsche Wörter vermischen wir schon mit dem Hochdeutschen, das war nicht mit Absicht. Ich wollte dich nicht ärgern, Elke.«

»Ein Sloot ist also ein Graben«, lacht Elke. »Aber wie macht ihr das mit dem Springen?«

»Wir nehmen einen langen, dicken Stock, den wir mit beiden Händen an einem Stockende festhalten. Nun nehmen wir einen Anlauf und halten den Stock dabei vorne hoch. Wenn wir dann kurz vor dem Graben sind, stecken wir den Stab in den Graben hinein und springen mit dem Schwung des Anlaufs, am Stock über den Graben, auf die andere Seite.«

»Und wenn der Schwung nicht reicht?«, fragt Elke nachdenklich und runzelt die Stirn.

Alle Kinder und Frau Eilers fangen an zu grölen und rufen wie aus einem Mund: »Dann landet der Springer im Wasser!«

Nun muss auch Elke lachen und fragt Mattes: »Und das macht dein Opa Klaas auch noch?«

»Na klar!«, sagt Mattes überzeugend. »Das haben in Ostfriesland früher alle so gemacht. Wenn der Bauer oder die Knechte über die Wiesen gingen, konnte man nur mit dem Pultstock die Gräben überwinden. Brücken gab es noch nicht überall.«

»Bei euch kann ich noch allerhand lernen«, lacht Elke. »Was möchtest du denn machen Tammo?«

»Ich würde mit dem Jück Wasser transportieren.«

»Was ist denn nun schon wieder ein Jück, Tammo?«, will Elke wissen.

»Das ist ein Holzgestell, das man über die Schulter legt«, grinst Tammo.» An den Enden von dem Gestell sind zwei Ketten, an deren Enden je ein Eimer oder Milchkanne gehängt werden kann. So wurden früher die Milchkannen zur Straße getragen, wo sie der Milchwagen dann abholte. Auf Hochdeutsch kann man, glaube ich, auch Tragjoch sagen.«

Elke grinst vor sich hin und ist begeistert, mit welchem Ehrgeiz und mit wie viel Energie die Kinder bei der Sache sind: »Ein Tragjoch kenne ich auch, aber als fünfte und letzte Disziplin würde ich das Struuk...., Struukbesse......, äh, Struukbessensmieten vorschlagen«, stottert Elke den plattdeutschen Begriff zusammen.

Die Kinder und auch Frau Eilers fangen so laut an zu lachen, dass man sie in der ganzen Schule hört. Plötzlich steht Herr Onnen in der Tür und sagt: »Was ist hier denn los? Darf ich mit lachen?«

»Ja!«, sagt Geske. »Elke lernt Plattdeutsch, aber als Stadtmensch ist das nicht so einfach.«

Elke und Frau Eilers haben vor Lachen Tränen in den Augen. »Ach Elke«, lacht Frau Eilers immer noch. »Dein Bus kommt ja schon gleich und wir wollen dir noch eine Kleinigkeit zum Abschied geben. Mattes, würdest du eben die Geschenke aus dem Kartenraum holen?«

»Ja, Frau Eilers, ich flitze schon los!«

Mattes rennt schnell wie der Blitz in den Kartenraum und holt einen Strauß mit bunten Tulpen und einen großen Umschlag. Dann geht er damit zu Elke und übergibt ihr den Blumenstrauß:

»Liebe Elke! Den Tulpenstrauß und diesen Umschlag, möchten wir Kinder dir als Dankeschön geben. Wir hatten sehr viel Spaß mit dir und freuen uns, dass wir dich kennenlernen durften. In diesem Brief liegt ein Gedicht von uns allen. Frau Eilers und Herr Onnen haben es für uns aufgeschrieben. Die vielen Bilder in dem Umschlag haben wir Kindergartenkinder für dich gemalt. Wir hoffen, dass wir dich nicht zu viel geärgert haben. Aber deine Koffer hast du ja nicht gleich wieder gepackt, also ist es nicht zu schlimm gewesen. Damit du den Umschlag nun noch nicht öffnen musst, werden wir dir das Gedicht jetzt aufsagen.«

»Alle jetzt bitte schnell auf ihre Plätze!«, ruft Herr Onnen. »Der Bus kommt gleich!«

Die Kinder stellen sich wie beim Singen vor die Wandtafel und warten auf den Einsatz von Herrn Onnen. Frau Eilers stellt sich neben Elke und nimmt sie in den Arm, denn diese hat schon jetzt die ersten Tränen in den Augen. »Ich könnte so hierbleiben«, sagt Elke leise zu Frau Eilers. »Die Kinder sind so lieb.«

»So!«, sagt Herr Onnen. »Wenn wir das Gedicht jetzt nicht aufsagen, fährt der Bus noch ohne Elke ab.«

Auf ein Zeichen von Herrn Onnen beginnen die Kinder das Gedicht vorzutragen.

Unsere Praktikantin Elke

Elke konnte es nicht erwarten,
sie wollte zu uns in den Kindergarten.
Ein kleiner Ort am Deich sollte es sein,
so stieg sie in den Bus schnell ein.
Er sollte sie bringen an ihr Ziel,
welches hieß „Klein Kluntje-Siel".
Im Kindergarten „Lüttje Lüü" ist sie dann angekommen
und wurde von uns lieb aufgenommen.
Wir haben mit ihr gespielt und gelesen,
doch das Schönste ist gewesen,
unsere Praktikantin konnte Gitarre spielen
und das gefiel von uns sehr vielen.

In unserem „Klein Kluntje-Siel",
hörte man auf dem Deich ein Gitarrenspiel.
Eine Praktikantin mit ihren Kindern,
wollte hier nicht überwintern.
Das Ostfriesenlied wurde gesungen
und das hat so schön geklungen.
Selbst die Feriengäste gaben Applaus
und zum Dank ein Eis dann aus.
Elke, du sollst nach deinen Zielen streben,
erfülle deinen Traum mit Leben.
Dies meint auch unsere Lehrerin,
werde Kindergärtnerin.

Nach einer kurzen Pause rufen die Kinder: »Danke Elke! Wir werden dich nicht vergessen!«

Elke ist gerührt und schluchzt: »Danke Kinder, ich werde euch auch vermissen. Ich werde euch bestimmt nicht vergessen und noch oft von euch erzählen. Aber

Morgen, zu eurem Wettkampf mit der dritten Klasse, werde ich kommen und euch tüchtig anfeuern. Alles Gute Kinder und bleibt so wie ihr seid.«

Nun begleiten die Kinder und Lehrer Elke bis zum Bus und winken ihr nach, bis der Bus hinter der nächsten Kurve verschwindet. Die Kinder gehen etwas traurig, mit hängendem Kopf zurück zum Kindergarten, wo bereits die ersten Mütter warten. »Was ist denn mit euch los?«, fragen einige Mütter.

»Wir haben Elke zum Bus gebracht«, sagt Herr Onnen, »denn sie hatte heute ihren letzten Praktikumstag. Aber Morgen, beim Grillfest auf dem Spielplatz, werden wir sie schon wieder sehen.«

»Tschüs Kinder! Bis morgen beim Grillfest!«, rufen die Lehrer.

»Tschüs!«, rufen die Kinder und Mütter und gehen nach Hause.

Mattes ist schon ganz aufgeregt und überlegt, was er Opa Meier und Opa Fritzen nach dem Essen alles erzählen muss. „Dass ich ja nichts vergesse", denkt Mattes bei sich und geht alles noch einmal im Kopf durch: „Schiedsrichter haben wir, Wettkämpfer haben wir ausgesucht, fünf Disziplinen haben wir, Elke und Herr Buskohl machen Stimmungsmusik."

Plötzlich ruft Mattes laut auf: »Ich wusste doch, dass wir etwas vergessen haben!«

Geske und ihre Mutter zucken zusammen: »Was hast du uns erschrocken, Mattes! Wo bist du nur mit deinen Gedanken!«

»Ich bin unseren Wettkampf gegen die dritte Klasse noch einmal durchgegangen, Mama. Wir haben die Gegenstände für den Wettkampf nicht besorgt«, sagt Mattes ganz aufgeregt.

Da tröstet ihn seine Mutter und streicht ihm über den Kopf: »Frage Opa Meier und Opa Fritzen doch nach dem Essen. Die wissen bestimmt, wo ihr die Utensilien bekommt.«

»Ja Mama! Das werde ich machen«, antwortet Mattes erleichtert.

Als sie zu Hause ankommen, hat Oma Eske den Mittagstisch bereits gedeckt. Mattes und Geske rennen in die Küche und rufen: »Moin, Oma Eske! Was gibt es heute für Leckeres?«

»Moin, Kinder!«, antwortet Oma Eske. »Heute gibt es Mehlpütt mit Vanillesoße und heißen Birnen.«

»Lecker!«, rufen beide wie aus einem Mund. »Das ist mein Lieblingsgericht!«

Mehlpütt ist ein Hefeteig, der in einem großen Topf, hängend in einem Tuch, über kochendem Wasser gegart wird. Dann werden von dem großen Mehlpütt dicke Scheiben abgeschnitten und mit heißer Vanillesoße übergossen. Heiße Birnenstücke werden dann noch als Beilage dazu gegeben.

»Was ist das lecker!«, sagt Mattes mit einem strahlenden Gesicht. »Oma, den macht keiner so lecker wie du!«

Oma Eske lächelt Mattes an und sagt: »Danke für das Kompliment, Mattes, ich habe mir heute auch besonders viel Mühe gegeben. Möchtest du noch ein Stück haben?«

»Nein Oma, mein Bauch ist so voll. Ich glaube, du kannst mich gleich zum Deich rollen.«

Geske sieht ihren Bruder von oben bis unten an und sagt: »Zum Deich musst du rennen, damit du morgen fit bist zum Wettkampf. Mit dem vollen Bauch springst du nie über den Graben. Du landest höchstens als Klops im Wasser.«

Mattes Mutter und Oma müssen lachen: »Da hat deine Schwester recht, Mattes. Du solltest heute noch etwas trainieren.«

Mattes sieht die drei mit gerunzelter Stirn an und sagt: »Opa Klaas würde jetzt sagen: „Frauen! Kerle können auch mit einem dicken Bauch arbeiten“.«

»Nun sieh bloß schnell zu, dass du zum Deich kommst. Bevor wir uns noch mehr solcher Sprüche von dir anhören müssen«, lacht seine Mutter.

Mattes macht sich auch gleich auf den Weg und als er beim Siel ankommt, sitzen Opa Fritzen und Opa Meier bereits auf ihrer Bank und schauen auf das Meer. Bello liegt neben der Bank im Gras und schläft, als Mattes mit einem lauten »Moin!« die Ruhe durchdringt.

Die beiden Opas und Bello zucken richtig zusammen: »Was hast du uns erschrocken Mattes! Wir waren gerade mit den Gedanken weit draußen auf dem Meer«, sagt Opa Meier.

Mattes lächelt die Opas an: »Habt ihr denn auch ein Messer dabei?«

»Wieso ein Messer?«, fragt Opa Fritzen mit einem nachdenklichen Gesichtsausdruck.

»Dann könntet ihr in See stechen«, lacht Mattes. »Genau so wie die Seeleute.«

Opa Fritzen muss lachen: »In See stechen kann man mit einem Schiff, Mattes, und nicht mit einem Messer.«

»Aber warum ich gekommen bin«, sagt Mattes. »Ihr seid morgen beim Ostfriesenabitur unsere Schiedsrichter und …«

In diesem Moment wird er von Opa Meier unterbrochen: »Langsam, Mattes! Zuerst erzähle uns einmal, warum ihr das macht und welche Spiele ihr machen wollt.«

Nun holt Mattes mit der Geschichte ganz weit aus und erzählt, was von Anfang an passiert ist. Der Ärger mit Johann und seinen Freunden aus der dritten Klasse, der Anruf bei Opa Klaas und wie sie die fünf Disziplinen mit Elke ausgesucht haben.

»So sind wir auf die verschiedenen Disziplinen gekommen«, sagt Mattes. »Wir haben auch schon ausgesucht, wer was machen will. Tomke wird Krabben pulen, Jelto macht Teebeutelzielwerfen, Tammo will Wasser mit dem Tragjoch transportieren, wir alle machen den Strauchbesenweitwurf und ich möchte Pultstockspringen.«

»Da habt ihr eine gute Auswahl getroffen«, lacht Opa Fritzen. »Dann legen wir die Reihenfolge fest und werden die Wettkämpfe leiten.«

»Wir haben aber noch ein Problem«, druckst Mattes herum.

»Was fehlt euch denn noch?«, fragt Opa Meier.

»Genau das!«, sagt Mattes. »Uns fehlen die ganzen Utensilien für die Wettkämpfe.«

Opa Fritzen überlegt kurz und sagt dann: »Ich kann zwei Strauchbesen und zwei Tragjoche mit Eimer besorgen. Meine Schwester hat diese noch im Stall liegen.«

»Und ich«, sagt Opa Meier, »besorge die Krabben mit Schüsseln, die Pultstöcke und zwei Paar Holzschuhe.«

»Wir brauchen aber keine Holzschuhe, Opa Meier«, meldet sich Mattes.

»Aber wer wie früher mit dem Tragjoch läuft, der muss auch Holzschuhe anziehen«, lacht Opa Meier. »Nun fehlen nur noch die Teebeutel. Die kannst du von Frau Kruse aus dem Tante-Emma-Laden holen, Mattes.«

»Das werde ich machen!«, ruft Mattes begeistert. »Dann haben wir für morgen ja alles Notwendige beisammen!«

»Wir haben heute noch viel zu tun«, lacht Opa Fritzen. »Dann last uns gleich losgehen und alles besorgen. Bis morgen auf dem Spielplatz. Tschüs!«

Mattes rennt direkt zu Frau Kruse in den „Tante-Emma-Laden" und stürmt mit einem roten Kopf durch die Eingangstür.

»Moin, Mattes! Wer sitzt denn hinter dir her?«, begrüßt ihn Frau Kruse.

»Niemand Frau Kruse. Ich hätte nur gerne Teebeutel.«

»Wer hat denn solch einen Durst, dass du so hereingestürmt kommst?«

»Ich brauche die Teebeutel für unser Ostfriesenabitur gegen die dritte Klasse morgen.«

»Davon habe ich schon gehört, Mattes. Ich habe noch drei Packungen Fencheltee, bei denen nächste Woche das Haltbarkeitsdatum abläuft. Die könnte ich dir schenken oder soll es eine bestimmte Sorte sein?«

»Nein«, lacht Mattes, »die Sorte ist uns egal. Wir nehmen auch den Pupstee, den kleine Kinder bei Bauchschmerzen bekommen, Hauptsache wir gewinnen. Danke, Frau Kruse!«

»Schade, dass ich morgen arbeiten muss, sonst wäre ich auch gerne gekommen. Ich wünsche euch viel Erfolg und zeigt es Johann und seinen Freunden.«

»Das werden wir machen, Frau Kruse. Tschüs!«

Als Mattes zu Hause ankommt, ist sein Vater schon von der Arbeit zurück und er muss alles noch einmal ganz ausführlich erzählen.

Der Vater hört Mattes gespannt zu und sagt: »Ich hätte nicht gedacht, dass ihr einen solchen Wettkampf innerhalb eines Tages auf die Beine stellen könnt. Das ist schon eine tolle Leistung. Ich werde euch beide Daumen drücken, dass ihr auch gewinnt.«

»Das wirst du nicht können, Papa«, lacht Mattes. »Mama hat dich für das Grillen morgen eingetragen. Also wirst du nur für unsere Stärkung sorgen.«

Mattes Mutter steht in der Tür und lacht: »Jeder musste einen Job übernehmen, Ralf, und deiner ist das Grillen.«

»Das werde ich gerne machen«, lacht der Vater die Familie an. »Ich hatte schon Angst, dass ich verhungern muss und nun stehe ich auch noch an der Quelle.«

Mattes sieht seinen Vater von oben bis unten an und sagt: »Du bist eigentlich schon dick genug Papa, aber wenn du nur die ganz schwarzen Bratwürste isst und uns die leckeren überlässt, dann können wir das erlauben.«

Die ganze Familie fängt laut an zu grölen, nur der Vater nicht. Er sieht Mattes streng an und sagt etwas beleidigt: »Ich bin nicht zu dick, Mattes!«

Mattes grinst seinen Vater frech an und bemerkt: »Papa! Du bist nicht zu dick, aber für das Idealgewicht nur etwas zu klein.«

Nun schießen Oma Eske und Mattes Mutter die Tränen vor Lachen in die Augen und Oma Eske sagt zu Mattes Vater: »Lege dich nicht mit Mattes an, da ziehst du den kürzeren. Aber wo Mattes recht hat, da hat er recht.«

Nun muss auch der Vater lachen und es folgt noch ein lustiger Abend.

Da die Kinder morgen ausgeschlafen und fit auf dem Grillfest sein wollen, gehen sie heute ohne Murren ins Bett. Trotz der ganzen Aufregung des Tages und Albernheiten am Abend schlafen sie schnell und fest ein.

Als morgens der Wecker klingelt, sind die Kinder sofort putzmunter und helfen Oma Eske beim Decken des Frühstücktisches. Mattes holt die Milch und die Brötchen von draußen und Oma Eske und Geske stellen die Tassen und Teller auf den Tisch. Die Mutter macht den Tee und der Vater schneidet die Wurst und den Käse für das Frühstück.

»Sind wir nicht eine tolle Mannschaft«, lacht Oma Eske. »So schnell haben wir den Tisch noch nie gedeckt.«

»Wenn wir heute auch ein so schnelles Team sind«, sagt Mattes, »dann haben Johann und seine Freunde jetzt schon verloren.«

»Wann müssen wir denn zum Spielplatz?«, fragt Geske ihre Mutter.

»Zuerst werden wir in Ruhe frühstücken und dann werden wir uns langsam auf den Weg machen. Um zehn Uhr wollen wir uns auf dem Spielplatz treffen und dann alles aufbauen. Das Grillfest soll dann etwa gegen elf Uhr beginnen.«

Nach dem Frühstück suchen alle ihre Utensilien zusammen und packen alles in den Bollerwagen. Der Vater packt seine Grillsachen ein und die Mutter ihren frisch gemachten Kartoffelsalat. Mattes legt seine drei Pakete Fencheltee noch dazu und ruft: »Jetzt ist alles gepackt, wir können gehen!«

»Noch nicht!«, ruft Oma Eske aus der Haustür. »Ich will heute auch mit zum Spielplatz! Ich habe für uns noch extra einen Rosinenkuchen gebacken und ich will sehen, wie Mattes gegen Johann gewinnt.«

Geske rennt zu ihrer Oma und ruft: »Dann kann ich ja bei dir bleiben, Oma Eske! Papa grillt, Mama gibt das Essen aus, Mattes macht das Ostfriesenabitur und wir beide sehen uns alles in Ruhe an.«

»So machen wir das, Geske«, lacht Oma Eske. »Lass die alle arbeiten, wir machen uns einen schönen Tag zu zweit.«

Mattes und sein Vater nehmen den Griff vom Bollerwagen und ab geht es zum Spielplatz. Als sie dort ankommen, sind bereits die ersten Eltern mit ihren Kindern da. Die Begrüßung ist groß und zusammen bauen alle die Bänke, die Tische, den Grill und die Stände um den Bolzplatz herum auf. Der Bolzplatz wird als Spielplatz für die Kinder und das anstehende Ostfriesenabitur freigehalten. Auch Opa Fritzen und Opa Meier kommen mit einem vollbeladenen Bollerwagen zum Grillfest. Hinten an den Wagen haben sie Bello gebunden, und in dem Wagen liegen die ganzen Utensilien für das Ostfriesenabitur.

»Welchen Platz habt ihr für uns freigehalten?«, fragt Opa Meier.

Herr Onnen, der die Planung in die Hand genommen hat, antwortet: »Für die Schiedsrichter haben wir zwei Tische und Stühle auf den Bolzplatz gestellt.«

In diesem Moment kommen Johann und seine Freunde auf den Platz und rufen: »Na, ihr Zwerge! Ihr wollt gegen uns antreten! Ihr Windelpupser habt doch jetzt schon verloren!«

»Moment!«, mischt sich Opa Meier energisch ein. »Sprüche könnt ihr nach dem Wettkampf klopfen, wenn ihr gewinnen solltet. Wir wollen faire Spiele sehen und keine dummen Sprüche hören. Um elf Uhr werden wir mit dem Wettkampf beginnen und jeder darf zeigen, was er kann.«

Als gegen elf Uhr alles aufgebaut und vorbereitet ist, nimmt Herr Onnen eine Schiffsglocke und läutet diese: »Liebe Kinder, Eltern und Gäste! Ich möchte euch zu unserem Grillfest in „Klein Kluntje-Siel" recht herzlich begrüßen. Für das leibliche Wohl werden viele Eltern sorgen. Es gibt Grillwürste, Salate, Kuchen und Getränke. Als Schiedsrichter für unser Ostfriesenabitur der Kindergartenkinder gegen die dritte Klasse, begrüße ich die Herren Meier und Fritzen. Für die musikalische Begleitung unseres Festes möchte ich mich bei Elke, unserer Praktikantin, und Herrn Buskohl bedanken. Das Grillfest ist hiermit eröffnet und das Ostfriesenabitur auf dem Bolzplatz kann beginnen.«

Alle gehen auf ihre Plätze und die Zuschauer stellen sich rund um den Bolzplatz auf. Herr Meier ergreift das Wort und sagt: »Herr Fritzen und ich werden das Ostfriesenabitur leiten und als erstes wird Tomke gegen Frieda Krabben pulen. Jede Mitspielerin bekommt eine Schale mit Krabben, und wer als erste alle gepult hat, gewinnt dies Spiel. Tomke und Frieda, setzt euch bitte an den Tisch. Opa Fritzen, du kannst schon unsere Brötchen schmieren, der gepulte Granat kommt gleich.«

Alle Zuschauer fangen an zu lachen und klatschen mit den Händen.

Aufgeregt sitzen beide Mädchen an dem Tisch und warten angespannt auf das Startsignal. Herr Meier nimmt die Deckel von den Schüsseln und das Spiel beginnt. Laute Anfeuerungsrufe sollen beide Kämpferinnen unterstützen. Die Kindergartenkinder und Elke rufen im Takt »Tomke! Tomke!«, und Elke spielt dazu im gleichen Takt die Gitarre. Die beiden Mädchen nehmen eine Krabbe nach der anderen und trennen das Krabbenfleisch von der Schale. Die ausgepulten Krabben kommen in eine Kumme und die Schale in eine andere. Tomke hat sich bei der Hälfte bereits einen kleinen Vorsprung erkämpft und kann diesen auch bis zum Schluss nicht nur halten, sondern auch noch etwas vergrößern. Die Kindergartenkinder beginnen laut zu schreien: »Hoch lebe Tomke! Wir haben gewonnen! Wir haben gewonnen!«

Nun ergreift Opa Fritzen das Wort und sagt: »Es steht eins zu null für den Kindergarten! Nun wird Tammo gegen Gerd mit dem Tragjoch zwei kleine Eimer mit Wasser über den Bolzplatz hin und her tragen. Ich werde die Zeit stoppen und die Restmenge Wasser prüfen. Um das Spiel noch etwas ostfriesischer zu gestalten, bekommen beide Buben Holzschuhe an.«

Alle Zuschauer fangen laut an zu lachen und klatschen mit den Händen. Tammo und Gerd ziehen die Holzschuhe an und legen das Tragjoch über die Schulter. An der Startlinie hängt Opa Meier die Eimer mit Wasser an das Tragjoch. Beide gehen in die Startposition und warten auf das Signal.

Opa Fritzen hebt den Arm und ruft: »Auf die Plätze! - Fertig! - Los!«

Die beiden Jungen rennen mit Unterstützung der Zuschauer los. Laute Anfeuerungsrufe treiben die Läufer an. Beide erreichen zur gleichen Zeit die Wende und rennen zurück. Die Unterstützung durch die Zuschauer wird immer lauter. Doch plötzlich beginnt Tammo mit seinen Holzschuhen zu stolpern und verliert dadurch Zeit und Wasser. Er versucht den Vorsprung von Gerd wieder aufzuholen, aber Gerd kann diesen Vorsprung halten und geht als erster durch das Ziel. Auch ist in seinen Eimern etwas mehr Wasser als bei Tammo. Die Schüler der dritten Klasse fangen an zu jubeln und feiern ihren Gerd.

Opa Fritzen verkündet den neuen Punktestand: »Es steht jetzt eins zu eins! Als nächstes wird Jelto gegen Otto das Teebeutelzielwerfen machen. Wer nach fünf Würfen die meisten Teebeutel im Eimer hat, wird Sieger. Jelto wird beginnen.«

Jelto nimmt sich einen nassen Teebeutel, steckt das Papierende in den Mund und stellt sich an die Linie. Anders als bei den anderen Kämpfen ist es ganz ruhig, damit sich der Spieler konzentrieren kann. Jelto gibt dem Teebeutel mit dem Kopf Schwung und lässt ihn in Richtung Eimer fliegen. Ein Raunen geht durch das Publikum. Der Teebeutel landet dicht neben dem Eimer. Auch die nächsten zwei Beutel treffen nicht das Ziel, aber Jelto behält seine Ruhe. Er nimmt den vierten Teebeutel und versenkt diesen im Eimer. Ein lauter Aufschrei geht über den Platz. »Jelto! Jelto!«, rufen die Kindergartenkinder. Nun hat Jelto den Schwung heraus und nimmt den letzten Teebeutel. Auch dieser landet im Eimer, und die Freude bei den Kindergartenkindern ist groß. Aber nun wird es wieder ruhig, denn Otto hat sich seinen ersten Teebeutel genommen. Er nimmt mit dem Kopf aber so viel Schwung, dass der Teebeutel gegen seine Schläfe knallt und ihm der Fencheltee ins Gesicht spritzt. Erschrocken macht Otto den Mund auf und der Teebeutel fällt ihm direkt vor die Füße. Die Zuschauer, und erst recht die Kindergartenkinder, fangen laut an zu lachen.

»Ruhe!«, ruft Opa Fritzen laut über den Platz, damit Otto sich wieder konzentrieren kann. Der nächste Teebeutel fliegt schon in die Richtung vom Eimer, landet aber weit dahinter. Der Abstand zum Eimer wird immer kürzer, aber leider trifft Otto ihn nicht. Die Kindergartenkinder und Elke jubeln: »Auch diesen Kampf haben wir gewonnen!«

Nun ergreift Opa Meier das Wort und sagt: »Es steht jetzt zwei zu eins für den Kindergarten! Als nächstes Spiel steht der Strauchbesenweitwurf an. Alle acht

Kinder werden den Strauchbesen werfen, und wir messen dann die Entfernungen und werden dann die Gesamtstrecke errechnen.«

Mit lauter Unterstützung der Zuschauer wirft ein Kind nach dem anderen den Strauchbesen und Opa Fritzen und Opa Meier schreiben die geworfenen Entfernungen auf. Nachdem alle Kinder geworfen haben, setzen sich beide Opas an den Tisch und zählen die einzelnen Ergebnisse zusammen. Die Kinder und auch die Zuschauer warten angespannt auf das Ergebnis. Nun steht Opa Meier auf, um den Sieger zu verkünden: »Mit einem Abstand von 2,8 Meter haben die Kinder der dritten Klasse das Spiel gewonnen! Der neue Punktestand ist jetzt zwei zu zwei!«

Die Kinder der dritten Klasse und ihre Freunde beginnen laut zu jubeln. »Wir sind auf der Siegerspur! Johann wird uns jetzt zum Sieg gegen die Windelpupser führen!«

Die Kindergartenkinder sind traurig und werden von Elke getröstet: »Wir haben noch lange nicht verloren. Es kommt doch noch ein Spiel, und das wird Mattes mit unserer Unterstützung gewinnen. Mattes wird alles geben und wir auch.«

Jedes Kindergartenkind und Elke klopfen Mattes auf die Schulter und wünschen ihm viel Erfolg. Nun stehen Mattes und Johann mit ihrem Stock am Graben und warten auf das Kommando von Opa Meier.

»Ihr werdet nacheinander springen«, sagt Opa Meier. »Wer von euch möchte zuerst antreten?«

Da meldet sich Johann und sagt frech lachend: »Ich werde zuerst springen, damit Mattes sieht, wie das geht!«

Opa Meier sieht Mattes an und fragt: »Bist du damit einverstanden, Mattes?«

Mattes nickt nur mit dem Kopf und stellt sich hinter Johann.

Opa Meier startet den Wettkampf nun mit einem lauten: »Sprung frei für Johann!«

Nun nimmt Johann den Pultstock in beide Hände, hebt ihn vorne hoch und rennt mit großen, kräftigen Schritten auf den Graben zu. Beim Graben angekommen, steckt er den Pultstock in den Graben und schwingt sich am Pultstockende hinüber. Johann hat den Pultstock aber nicht weit genug in den Graben gesteckt und landet somit kurz vor der Grabenböschung mit den Beinen, bis zum Knie, im Wasser. Schnell will er die Uferböschung hochklettern, aber diese ist zu glatt und er rutscht immer wieder zurück ins Wasser. Der harte Johann wird plötzlich ganz weich und er ruft ängstlich: »Warum hilft mir keiner aus dem Wasser!«

Da alle nach Johann sehen, hat keiner bemerkt, dass Mattes gerade mit seinem Pultstock zum Graben rennt.

Alle erschrecken, als plötzlich der Pultstock von Mattes in den Graben sticht und er am Pultstockende, mit viel Schwung über den Graben fliegt. Auf der anderen Grabenseite macht Mattes bei der Landung einen Purzelbaum im Gras und steht schnell wieder auf, um zu Johann zu gehen. Mattes reicht Johann seine Hand und sagt: »Nimm meine Hand, ich helfe dir heraus.«

Johann sieht Mattes verlegen an, nimmt seine Hand und lässt sich von Mattes aus dem Graben helfen. Auf der anderen Seite des Grabens fangen alle an zu klatschen und rufen: »Mattes ist der Sieger!«

Johann schämt sich für sein Auftreten und sagt leise: »Mattes, ich möchte mich bei dir entschuldigen. Was du gerade gemacht hast, würde mancher Freund nicht tun. Wollen wir Freunde sein und uns wieder vertragen?«

Mattes nickt zustimmend mit dem Kopf, nimmt die Pultstöcke und beide gehen umarmt über die Brücke zum Bolzplatz zurück. Hier werden beide mit einem lauten Applaus und Jubel empfangen.

Opa Meier und Opa Fritzen rufen alle Kindergartenkinder zu sich und verkünden das Ergebnis: »Wir möchten bekanntgeben, dass die Kindergartenkinder das Ostfriesenabitur mit einem Punktestand von drei zu zwei Punkte gegen die dritte Klasse gewonnen haben! Die Kindergartenkinder „Lüttje Lüü" sind die Sieger!«

Die Zuschauer und auch die Schulkinder feiern die Kindergartenkinder und jubeln ihnen zu. Da kommt Johann nach vorne und sagt: »Ich möchte mich für meine gemeinen Sprüche entschuldigen und für den fairen Wettkampf gegen uns bedanken. Besonders bei Mattes, meinem neuen Freund. Mein Papa hat gesagt, dass er für alle Kinder zur Stärkung eine Bratwurst ausgibt.«

Die Gäste applaudieren nun auch für den Mut von Johann und die Kinder rennen schreiend zum Grillstand, wo Mattes Vater die Grillwürste bereits vorbereitet hat. Elke und Herr Buskohl gehen nun zu ihren Instrumenten und sorgen für eine stimmungsvolle Musik. Die ersten Paare beginnen sogar auf dem Spielplatz zu tanzen und die anderen sitzen auf den Bänken, schunkeln und singen mit. Nicht nur die Sonne strahlt vom Himmel, auch die Gesichter der Kindergartenkinder strahlen um die Wette. Sie gehen stolz, aber nicht hochmütig über den Platz und spielen mit den Schulkindern. Auch Oma Eske ist von diesem Fest begeistert und hat ganz vergessen, ihr Mittagsschläfchen zu halten. Sie sitzt zwischen Opa Meier und Opa Fritzen und kommt aus dem Lachen nicht heraus. Es werden viele lustige Geschichten von und mit Mattes ausgetauscht.

Als das Grillfest dem Ende zugeht, ergreift Herr Onnen als Organisator das Wort: »Liebe Kinder, Eltern und Gäste! Ich glaube, ihr werdet mir zustimmen, dass wir noch nie ein so spannendes und musikalisches Grillfest erlebt haben. Das Ostfriesenabitur unserer Kinder, das Gewinnen der Kindergartenkinder und die tolle Stimmungsmusik von unserer Schülerpraktikantin Elke und Herrn Buskohl, haben dem Fest noch das gewisse Extra gegeben. Ich möchte mich bei allen recht herzlich bedanken.«

Alle stimmen diesem mit einem lauten Applaus zu. Der Applaus will gar nicht aufhören und da richtet Elke das Wort an die Gäste: »Meine vier Wochen hier in „Klein Kluntje-Siel" waren die schönsten in meiner ganzen Schulzeit. Ich habe bei euch viel gelacht, aber auch sehr viel gelernt. Die Kinder haben mir Ostfriesland nahegebracht und ich durfte im Kindergarten viele Geschichten mit ihnen erleben.«

Die Kinder, Eltern und Gäste fangen laut an zu lachen und rufen: „Dafür haben wir unseren Mattes!"

Elke sieht in die Runde und sagt: »Nicht nur mit Mattes! Ich hatte mit allen Kindergartenkindern viel Spaß. Ich werde an diese Zeit noch sehr oft zurückdenken und die hier gewonnenen Erfahrungen später nutzen. Ihr habt es heute beim Ostfriesenabitur selber festgestellt, mit einem fairen Umgang mit anderen kann man schnell neue Freunde finden.«

Wieder bricht ein lauter und langanhaltender Applaus los.

»Ich muss euch nun leider verlassen, denn mein Bus kommt gleich. Tschüs euch allen und alles Gute!« Elke verabschiedet sich noch bei jedem Kindergartenkind und bedankt sich bei Herrn Buskohl für die musikalische Unterstützung. Nun muss Elke sich auch beeilen, denn gleich fährt ihr Bus nach Emden ab.

Wie ein großer Chor rufen alle: »Tschüs Elke, und danke für deine Unterstützung! Komm bitte bald wieder!«

Winkend geht Elke jetzt zum Bus und die Eltern und Kinder beginnen mit dem Abbau. Es wird noch viel von dem schönen Grillfest gesprochen und wie wichtig eine funktionierende Dorfgemeinschaft ist. Auch ein nächstes Dorf- oder Grillfest soll geplant werden. Für diese Anlässe hat sich Herr Buskohl bereit erklärt, für „Klein Kluntje-Siel" einen Festausschuss zu gründen, in dem alle Generationen vertreten sind. Als der Spielplatz wieder aufgeräumt und sauber ist, gehen alle zufrieden nach Hause.

DIE ABSCHLUSSFEIER

Es ist Sommer in „Klein Kluntje-Siel" und die Sommerferien stehen vor der Tür. Die Erwachsenen freuen sich schon auf ihren Urlaub und die Kinder auf ihre sechs Wochen Ferien. Herr Onnen weiß aus jahrelanger Erfahrung, dass zwei Gruppen an der Schule mit etwas gemischten Gefühlen den Ferien entgegen gehen, denn die vierte Klasse der Grundschule steht vor ihrem Abschluss. Nach den Sommerferien werden die Schüler mit dem Bus in eine andere Schule fahren und neue Lehrer und Schüler kennen lernen. Es kommt dann etwas ganz anderes und Neues auf sie zu und dieses Gefühl verursacht bei den Schülern etwas Unbehagen. Aber für Tomke, Tammo, Jelto und Mattes wird sich auch einiges ändern, denn sie werden den Kindergarten bald verlassen und nach den Sommerferien eingeschult. Herr Onnen kennt die Ängste der Kinder und möchte sie heute sanft auf die Schule vorbereiten.

Als sich alle Kindergartenkinder im Seestern-Raum versammelt haben, werden sie mit einem lauten »Moin!« von Frau Buskohl und Herrn Onnen empfangen. Die Kinder erwidern den Gruß und setzen sich an den langen Tisch. Mit großen Augen warten die Kinder gespannt darauf, was sie heute wohl mit Herrn Onnen und Frau Buskohl machen werden. Auch Herr Onnen sieht die Kinder lächelnd an und sagt: »Ich glaube, ihr überlegt gerade, was wir heute so kurz vor den Ferien wohl noch machen werden.«

»Ja!«, rufen die Kinder wie aus einem Mund und Mattes ruft noch in den Raum: »Nun machen sie es doch nicht so spannend, Herr Onnen!«

Der Lehrer und Frau Buskohl schmunzeln und Herr Onnen ergreift das Wort: »Liebe Kinder! Dies ist nun der letzte Tag vor den Sommerferien und darum haben wir uns etwas Besonderes für euch überlegt. Tomke, Tammo, Jelto und Mattes werden uns Kindergartenkinder heute verlassen und nach den Ferien in die erste Klasse eingeschult. Darum habe ich auch mit euren Eltern abgesprochen, dass wir eine Abschiedsfeier für unsere neuen Schulanfänger machen wollen. Wir werden heute Vormittag für jeden eine Schultüte basteln.«

»Und was machen wir?«, ruft Geske aufgeregt dazwischen.

»Ich habe doch gesagt, dass wir alle eine Schultüte basteln, Geske«, grinst Herr Onnen. »Die Schulanfänger bauen eine große Schultüte und die Anderen eine etwas kleinere.«

»Aber das wird doch ein Basteltag und keine Feier!«, ruft Mattes dazwischen.

»Wenn ihr mich einmal ausreden lassen würdet, dann wüsstet ihr auch, wie es weiter geht«, antwortet Herr Onnen ganz ruhig. »Heute Mittag werdet ihr dann wie immer von euren Eltern abgeholt, aber heute Abend, um fünf Uhr wieder zum Kindergarten gebracht. Wir werden Euch heute Abend eine Kindergartenparty mit vielen Überraschungen bereiten und dann in der Nacht hier im Kindergarten übernachten.«

Die Kinder sehen sich überrascht an und schreien dann auf einem mal los: »Hurra! Wir schlafen heute Nacht im Kindergarten!«

Geske sieht Herrn Onnen mit ihren blauen Augen und einem etwas schräg geneigtem Kopf an und fragt mit leiser Stimme, wie es ein kleines Mädchen so macht, wenn es seinen kindlichen Charme spielen lassen will: »Was gibt es denn für Überraschungen, Herr Onnen?«

Herr Onnen grinst und sagt: »Auch wenn du mich so mit deinen blauen Kulleraugen ansiehst, Geske, das werde ich dir nicht verraten. Dann ist die Abschiedsfeier doch keine Überraschung mehr. Wir werden jetzt in den Seeigel-Raum gehen und uns eine Schultüte basteln. Die Überraschungen sparen wir uns für heute Abend auf.«

»Herr Onnen!«, ruft Enno in den Raum. »Warum bekommen Schulanfänger immer eine Schultüte zum ersten Schultag?«

»Die Schultüte gibt es bereits seit fast zweihundert Jahren«, erwidert Herr Onnen. »Früher gab es für die meisten Kinder noch keinen Kindergarten und sie kamen mit fünf oder sechs Jahren direkt in die Schule. Ihr habt aber schon über zwei Jahre unseren Kindergarten besucht und seid langsam an das Miteinander in Gruppen herangeführt worden. Wir haben gemeinsam gesungen, gebastelt und gelernt. Es ist schon fast wie in der Schule, nur habt ihr keine Hausaufgaben und für eure Leistungen keine Noten oder Zeugnisse bekommen. Darum haben wir auch schon vor Jahren mit den Eltern für eine Zusammenlegung von Kindergarten und Grundschule in kleinen Gemeinden gekämpft.

So habt ihr keine lange Anfahrt zum Kindergarten und die Grundschüler nicht zur Schule. Ihr seid somit schon im Umfeld einer Schule groß geworden und hinein gewachsen. Für euch ist der Wechsel vom Kindergarten zur Schule keine große Umstellung, denn ihr kennt die Lehrer schon und wir euch. So konnten Frau Eilers und ich euch spielerisch mit den Eltern auf die Schule vorbereiten. Nun könnt ihr auch nach den Ferien ohne Angst die erste Klasse besuchen.

Früher kamen die Kinder aber ohne eine Vorbereitung in die Schule, und darum bekamen sie von ihren Eltern oder Patentanten zum ersten Schultag eine Schultüte geschenkt. Diese Schultüte, oder auch Zuckertüte genannt, wurde mit Süßigkeiten gefüllt. Sie sollte dem Kind den ersten Schultag versüßen und die Angst nehmen. Angst haben die meisten Kinder nicht mehr vor dem ersten Schulbesuch, aber den alten Brauch der Schultüte hat man bis heute beibehalten. Die Schultüte lassen sich die meisten Kinder heute aber nicht mehr schenken, sondern basteln sie im Kindergarten selber.«

»Wenn wir die Zuckertüte schon selber basteln, wer muss sie dann füllen?«, fragt Tammo dazwischen.

»Gefüllt wird die Schultüte mit vielen Überraschungen von euren Eltern oder Familie wie Oma, Opa oder Paten«, lacht Herr Onnen die Kinder an. »Aber nun lasst uns in den Seeigel-Raum gehen, sonst bekommen wir die Schultüten heute gar nicht mehr fertig.«

Die Kinder springen von ihren Stühlen auf und rennen mit lautem Geschrei zum Seeigel-Raum hinüber. Dort angekommen, stellen sich alle Kinder um den großen Basteltisch herum und betrachten die Bastelutensilien, die Herr Onnen und Frau Buskohl dort bereits ausgebreitet haben.

»Frau Buskohl und ich werden euch die Materialien kurz zeigen, mit denen wir heute arbeiten wollen«, beginnt Herr Onnen. »Hier haben wir verschiedenfarbige Bögen Tonpapier für die Tüten. Die großen Bögen sind für unsere angehenden Schüler und die etwas kleineren Bögen für euch noch bei uns verbleibenden Kindergartenkinder. Das Krepppapier kleben wir später als schönen Abschluss der Tüte oben an den Rand. Um die Schultüte jetzt zu bearbeiten, verwenden wir die

Schere, den Bleistift, den Kleber, die Buntstifte und das Band. Jeder sucht sich jetzt einen Bogen Tonpapier, aus dem er seine Zuckertüte basteln möchte.«

»Haben sie keine größeren Bögen für uns?«, fragt Mattes mit ernstem Gesicht.

Frau Buskohl sieht Mattes mit einem Grinsen im Gesicht an und fragt: »Warum willst du denn einen noch größeren Bogen haben, Mattes?«

»Meine Großeltern haben schon gesagt, dass sie meine Schultüte mit Überraschungen füllen wollen und dann muss sie doch groß genug sein! Je größer die Tüte ist, umso mehr passt doch hinein!«

Alle fangen an zu lachen und Geske sagt zu ihrem Bruder: »Du würdest die Schultüte so groß machen, das dir noch jemand beim Tragen helfen muss.«

»Wir haben aber leider keinen größeren Bogen für dich, Mattes«, lacht Herr Onnen. »Aber auch diese Schultüte wird so groß, dass deine Großeltern viele Dinge hinein stecken können. Nun wollen wir aber mit dem Basteln beginnen! Jeder legt jetzt seinen Bogen vor sich auf den Tisch und nimmt sich einen Bleistift und das Stück Band. Zuerst werden wir das Band an den Bleistift knoten.«

Schnell nehmen sich die Kinder den Bleistift und versuchen das Band daran zu befestigen.

»Mir fällt der Bleistift immer wieder heraus!«, ruft Enno. »Ich kann alleine noch keinen festen Knoten machen.«

»Ich komme und werde dir helfen«, sagt Frau Buskohl und hilft Enno, sein Band an dem Bleistift zu befestigen.

»Mattes!« ,ruft Geske. »Kannst du eben deinen Finger auf meinen ersten Knoten beim Bleistift legen? So machst du es doch auch, wenn ich meine Schleife vom Schuh binde.«

Mattes geht zu seiner Schwester und legt seinen Finger auf den ersten Knoten, damit er sich nicht wieder löst. »So, Geske! Jetzt kannst du den zweiten Knoten machen, aber binde nicht meinen Finger an deinem Bleistift fest.«

Geske sieht ihren Bruder grinsend an und sagt zu ihm: »Wenn ich das machen würde, müsste ich ja deine Schultüte auch noch basteln. Der Vorteil wäre aber, dass ich dich an der Leine halten könnte.«

Alle müssen lachen und Frau Buskohl sagt: »So wichtig ist eine Zusammenarbeit! Zwei Kinder können oft eine Arbeit einfacher erledigen als nur eins. Wenn nun jeder seinen Bleistift an die Leine gelegt hat, wollen wir den Umriss unserer Schultüte auf den Bogen zeichnen. Bei dieser Arbeit sollen auch zwei zusammenarbeiten. Herr Onnen und ich werden euch an der Tafel einmal zeigen, wie es funktioniert. Herr Onnen hat ein Stück Kreide an ein Stück Band gebunden und hält sie in die obere Ecke. Jetzt ziehe ich das Band vorsichtig stramm und drücke es mit dem Daumen auf die untere Ecke. Ich werde das Band in der unteren Ecke so festhalten und Herr Onnen zieht die Kreide vorsichtig über die Wandtafel. Das Band muss dabei aber immer stramm bleiben.«

Herr Onnen zieht die Kreide langsam quietschend über die Wandtafel und fragt die Kinder: »Was entsteht hier für eine Form?«

Die Kinder sehen Herrn Onnen und Frau Buskohl im Wechsel fragend an und Mattes meldet sich als erster und sagt: »Das wäre ein schönes Dreieck geworden, Herr Onnen, wenn die eine Seite nicht so rund geworden wäre.«

Herr Onnen muss innerlich lachen und sagt: »Das ist richtig, Mattes! Wir haben hier eine Form mit drei Ecken. Die Ecke, die der runden Seite gegenüberliegt, wird die Spitze unserer Schultüte, wenn wir den Bogen nach dem Ausschneiden aufrollen. Die rundliche Seite wird dann der obere Rand.«

»Müssen wir das jetzt mit unserem Bleistift auf dem Bogen genauso machen?«, fragt Geske.

»Ja!«, antwortet Frau Buskohl. »Jeder sucht sich jetzt einen Partner oder eine Partnerin und zeichnet den Kreisbogen auf sein Tonpapier.«

Die Kinder haben sich schnell zu zweit zusammen gefunden und beginnen mit dem Zeichnen. Frau Buskohl geht um den Tisch herum und ist erstaunt, wie die Kinder das Gezeigte so gut auf ihren Bogen übertragen. Als alle Kinder mit dem Zeichnen fertig sind, ergreift Herr Onnen das Wort: »Das habt ihr toll gemacht! Jetzt müsst ihr entlang der runden Linie mit der Schere die Form vorsichtig ausschneiden.«

Eifrig ergreifen die Kinder ihre Bastelschere und schneiden mit ihren kleinen Händen die Form der Schultüte aus. Frau Buskohl und Herr Onnen beobachten die Kinder und müssen über die Gesichtsspiele der Kinder schmunzeln. Einige stecken beim konzentrierten Basteln ihre Zunge heraus und andere zwinkern mit den Augen. Es herrscht im Seeigel-Raum eine absolute Ruhe, die man von Kindergartenkindern gar nicht kennt. So vergeht eine kurze Zeit, bis die ersten Kinder mit dem Ausschneiden ihrer Form fertig sind, und es dauert nicht lange, bis auch der kleine Enno seine Form stolz hochhebt und strahlt: »Ich bin auch fertig!«

»Das habt ihr alle ganz toll gemacht«, lobt Frau Buskohl die Kinder. »Bevor wir jetzt die Form zu einer Schultüte aufrollen und festkleben, wollen wir mit unseren Buntstiften ein Bild auf den ausgeschnittenen Bogen malen. Jeder überlegt sich jetzt, was er malen möchte. Fragen wir doch zuerst unsere angehenden Schüler, was für ein Bild sie auf ihrer Zuckertüte haben wollen.«

Zuerst hat Mattes eine Idee und sagt: »Ich male einen Deich mit dem Siel darin.«

»Ich werde bunte Schmetterlinge auf die Schultüte zeichnen«, antwortet Tomke.

Nach einer kurzen Denkpause wissen auch die anderen Kinder, was für ein Bild ihre Tüte zieren soll. Jelto möchte ein Auto, Tammo ein großes Schaf und dann kommen noch Herzen, bunte Punkte, eine Katze und Hunde als Vorschlag. Nachdem alle ein Motiv gefunden haben, beginnt das große Malen. Wieder herrscht eine äußerste Stille im Bastelraum. Eifrig sitzen die Kinder an ihrer Aufgabe und Frau Buskohl und Herr Onnen betrachten die entstehenden Bilder und können sich die fertige Schultüte schon vorstellen. Als alle Kinder ihre Bilder gezeichnet haben sagt Herr Onnen: »Frau Buskohl und ich werden jetzt eure schönen, platten Vorlagen zu einer Tüte aufrollen und verkleben. Bei wem sollen wir denn beginnen?«

Schnell hebt Geske die Hand und ruft: »Können sie meine Tüte bitte zuerst aufrollen, Herr Onnen?«

»Dann werden wir zuerst zu dir kommen, Geske«, lacht Frau Buskohl. »Herr Onnen wird deinen Bogen schön eng aufrollen und ich werde die Naht dann verkleben.« Vorsichtig nimmt Herr Onnen den bemalten Bogen und rollt ihn mit viel Fingerspitzengefühl so auf, dass die bemalte Seite nach außen zeigt. Nun liegen die Enden der aufgerollten Tüte so übereinander, dass Frau Buskohl ihren Kleber auftragen kann. Beide drücken nun mit ihren Händen kräftig auf die Klebenaht und warten kurz, bis der Kleber getrocknet ist. Frau Buskohl nimmt die Tüte und drückt sie Geske in die Hand.

»Meine Schultüte ist fertig!«, ruft Geske begeistert und hält sie hoch. Es ist eine gelbe Schultüte mit vielen kleinen roten Herzchen. Auch die anderen Kinder strahlen, dass aus einem flachen bunten Bogen eine solch schöne Tüte werden kann und beginnen zu klatschen. Jetzt gehen Herr Onnen und Frau Buskohl um den Tisch herum, um bei den Kindern die Schultüten aufzurollen und zu verkleben. Jedes Kind hält seine Zuckertüte stolz hoch und bekommt von den anderen Kindern viel Beifall.

Es wird gerade die Schultüte von Fritz aufgerollt, als alle Kinder laut anfangen zu lachen und wie aus einem lauten Mund rufen: »Dein Hund beißt sich selbst in den Schwanz!«

Fritz bekommt einen roten Kopf und wird ganz verlegen. Was ist geschehen? Fritz hat auf seinen flachen Bogen einen so großen Hund gemalt, dass er vom rechten bis zum linken Rand reicht. Als Herr Onnen den Bogen aufrollt, treffen sich an der Naht der Kopf mit dem offenen Maul und der Schwanz.

»Ich finde deine Schultüte schön und lustig«, lacht Frau Buskohl und streicht Fritz über den Kopf. »Wenn ich deine Schultüte drehe, dann sieht es aus, als ob der Hund mit seinem Schwanz spielt.« Der kleine Fritz sieht an Frau Buskohl hoch und beginnt verlegen zu grinsen.

Langsam tritt wieder Ruhe ein und Herr Onnen sagt: »Jetzt wollen wir euren wunderschönen Zuckertüten noch den richtigen Abschluss geben. Jeder sucht sich einen Streifen von dem bunten Krepppapier aus, und wir werden ihn dann mit euch an den oberen Rand der Schultüte festkleben.«

Jedes Kind entscheidet sich für eine Farbe nach seinem Geschmack und klebt den Streifen dann mit der Hilfe von Frau Buskohl oder Herrn Onnen an den Rand der Schultüte fest. Stolz halten alle Kinder ihre selbstgebaute Schultüte mit beiden Händen hoch und jubeln.

»Ihr habt wunderschöne Schultüten gebastelt«, sagt Frau Buskohl zu den Kindern und beginnt zu klatschen.

Die Arbeitsschritte zur Herstellung einer Schultüte

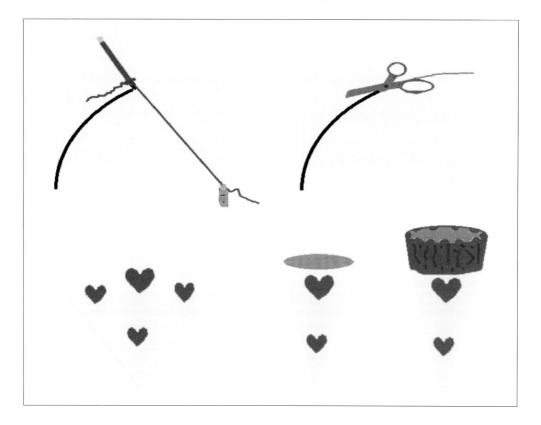

Auch Herr Onnen klatscht mit den Händen, weil er von dem Ergebnis begeistert ist und sagt: »Die schönen Schultüten dürft ihr heute Mittag mit nach Hause nehmen und euren Eltern zeigen.«

»Nicht nur zeigen!«, ruft Mattes dazwischen und beginnt zu lachen. »Die müssen unsere Schultüten nun auch bis zum Rand füllen!«

Alle beginnen zu lachen und Herr Onnen sagt: »Ich werde aber dafür sorgen, dass die Zuckertüten erst gefüllt werden, wenn ihr den Seeigel-Raum wieder aufgeräumt habt.«

Sofort legen alle Kinder ihre Schultüte vorsichtig beiseite und beginnen mit dem Aufräumen. Der Abfall wird sortiert und in die richtige Mülltonne geworfen. Tomke und Geske sammeln die Scheren, den Kleber und die Stifte ein, während Mattes und Tammo sich zwei Besen und ein Kehrblech holen, um den Seeigel-Raum durchzufegen. Kaum ist der Raum wieder hergerichtet, kommen auch schon die ersten Eltern, um ihre Kinder abzuholen.

Mattes und Geske rennen lautjubelnd mit ihrer Schultüte auf ihre Mutter zu und Geske ruft ganz aufgeregt: »Die haben wir heute selber gebastelt, und heute Abend werden wir im Kindergarten schlafen und feiern mit vielen Überraschungen!«

Frau Jacobs nimmt ihre beiden Kinder in den Arm und betrachtet die Schultüten. »Das sind aber schöne Zuckertüten geworden. Die werden wir mit nach Hause nehmen und Oma und Opa werden sie zum Schulbeginn mit Überraschungen füllen.«

»Mama?«, fragt Mattes. »Hast du gewusst, dass wir heute im Kindergarten schlafen?«

Frau Jacobs lächelt und sagt: »Das sollte eine Überraschung für euch werden und darum habe ich nichts davon erzählt. Aber jetzt lasst uns nach Hause gehen. Oma hat das Essen gleich fertig und wir müssen noch eure Schlafsäcke vom Boden holen. Zieht bitte eure Jacken und Schuhe an.«

Schnell ziehen sich die Kinder an und verabschieden sich mit einem lauten: »Tschüs! Bis heute Nachmittag um fünf Uhr!«

»Tschüs!«, rufen auch die anderen Kinder und gehen freudig hüpfend mit ihren Schultüten nach Hause.

Als Geske und Mattes die Haustür öffnen, ruft Geske laut durch das Haus: »Oma! Oma! Wir schlafen heute im Kindergarten! Wir müssen schnell unsere Schlafsäcke vom Boden holen und unsere Sachen für die Nacht einpacken!«

»Ganz ruhig ihr zwei, zuerst werden wir essen! Es steht bereits alles auf dem Tisch und wir können gleich anfangen. Ich habe heute den ostfriesischen Wurzeleintopf mit Frikadellen gemacht, den mögt ihr ja so gerne.«

Geske und Mattes ziehen immer noch aufgeregt ihre Jacken und Schuhe aus, waschen ihre Hände und setzen sich an den Mittagstisch. Beim Essen erzählen Geske und Mattes ihrer Oma Eske, dass sie eine Schultüte gebastelt haben und Herr Onnen für heute Abend Überraschungen versprochen hat. Oma Eske hört den Kindern gespannt zu und sagt: »Was werden das wohl für Überraschungen sein, die Herr Onnen und Frau Eilers mit euch vorhaben? Ich glaube, ich werde mitkommen und auch im Kindergarten schlafen.«

»Das geht nicht, Oma!«, ruft Mattes schnell. »Wir haben eine Kinderfeier! Nur für uns! Was wir für Überraschungen bekommen, werde ich dir morgen erzählen.«

Oma Eske beginnt zu lachen und sagt: »Das sollte doch nur ein Spaß sein, Mattes. Ich schlafe viel lieber in meinem eigenem weichen Bett, als bei euch auf dem harten, kalten Fußboden im Kindergarten.«

Erleichtert essen die Kinder genüsslich weiter, denn sie hatten wirklich geglaubt, dass Oma Eske auch im Kindergarten schlafen will. Nach dem Essen räumen die Kinder den Tisch ab und Oma Eske geht nach oben in ihr Zimmer, um das Mittagsschläfchen zu halten.

»Können wir jetzt unsere Schlafsäcke vom Boden holen?«, fragt Mattes seine Mutter.

»Das geht jetzt noch nicht, Mattes. Wenn wir auf den Boden gehen und rumpoltern wird Oma Eske aufwachen und dann hat sie den Rest des Tages eine schlechte Laune.«

»Darauf können wir gut verzichten«, lacht Geske. »Wir können aber doch schon unsere Inventurtasche packen, Mama.«

»Was möchtest du packen, Geske?«

»Meine Inventurtasche! Da packen wir doch immer unsere Zahnbürste, die Zahnpasta, die Seife und unseren Waschlappen hinein wenn wir in den Urlaub fahren.«

Jetzt muss auch Mattes lachen und sagt: »Das ist keine Inventurtasche sondern eine Kulturtasche, Geske, und wir haben doch jeder eine Zahnbürste im Kindergarten. Mehr brauchen wir doch nicht.«

Mattes Mutter muss lachen und sagt: »Nur eine Zahnbürste reicht nicht Mattes, wir werden schon einige Sachen in euren Rucksack packen müssen. Damit es euch heute Nacht nicht kalt wird, müssen wir einen Schlafanzug einpacken. Dazu kommen noch Waschlappen, Handtücher, frische Wäsche für morgen und euer Kuscheltier.«

»Hier ist meine Schnuffi!«, ruft Geske und reicht ihrer Mutter die weiche, kuschelige Kuh aus Plüsch. »Die darf ich auf keinen Fall vergessen, denn sonst können Schnuffi und ich nicht einschlafen. Dann liegen wir beide wach in unseren Betten und sind traurig, getrennt zu sein.«

»Ich werde Schnuffi ganz oben in den Rucksack legen Geske, dann findest du sie auch sofort. Willst du deinen Teddy Wuschel nicht holen, Mattes?«

Mattes sieht seine Mutter mit großen Augen an und sagt: »Ich nehme als Junge doch kein Kuscheltier mit in den Kindergarten. Die lachen mich doch alle aus, wenn ich als Junge einen Teddy mit ins Bett nehme.«

»Wir schlafen aber nicht in einem Bett«, sagt Geske liebevoll zu ihrem Bruder und sieht ihn von der Seite an. »Wir schlafen doch in einem Schlafsack und da kannst du deinen Teddy Wuschel doch verstecken.«

»Als Junge gebrauche ich keinen Teddy für die Nacht! Ich kann auch ohne Kuscheltier schlafen.«

Die Mutter sieht Mattes prüfend an und sagt: »Das musst du selber entscheiden Mattes, aber lachen wird bestimmt niemand.«

»Ich werde nun groß und komme nach den Ferien in die Schule, dann braucht ein Junge kein Kuscheltier mehr.«

Geske sieht ihre Mutter fragend an, aber es wird kein weiteres Wort über Wuschel verloren. Die Mutter zuckt noch kurz mit den Schultern und packt die Rucksäcke fertig. Beim Packen und Diskutieren ist die Zeit schnell vergangen und die Mutter sagt zu ihren Kindern: »Ich werde in die Küche gehen und den Tee machen und ihr könnt eure Rucksäcke schon in den Flur stellen. Danach weckt ihr Oma Eske und holt dann die Schlafsäcke vom Boden.«

»Das machen wir!«, rufen die Kinder und flitzen davon. Da sie mit ihren Gedanken aber nur bei der Übernachtung im Kindergarten sind, rennen sie die Treppe nach oben zum Boden und suchen mit lautem Getöse nach den Schlafsäcken. Schnell haben Geske und Mattes die Schlafsäcke gefunden, als sie plötzlich zusammen zucken. Ängstlich sehen sich die Geschwister an und bleiben ganz ruhig stehen. Was war das für ein Geräusch? Wieder klopft es und Geske nimmt ängstlich die Hand von Mattes. »Hast …. hast du das auch gehört, Mattes?«, stottert Geske und sieht ihren Bruder ängstlich mit großen Augen an.

»Ja«, sagt Mattes leise mit zittriger Stimme. »Da klopft jemand, lass uns leise nach unten gehen.«

Eingeschüchtert gehen Geske und Mattes leise zur Treppe. Sich immer noch an den Händen haltend und mit den Schlafsäcken in der anderen Hand kommen sie im Flur an, wo Oma Eske steht: »Ihr seht blass aus! Was ist mit euch passiert?«, fragt sie die Kinder innerlich schmunzelnd.

»Da, da oben ist jemand«, stottert Geske. »Wir wollten nur unsere Schlafsäcke vom Boden holen, als irgendetwas laut in einer Ecke klopfte. Ich glaube, da oben wohnt ein Geist, Oma. Hast du den auch schon einmal gehört?«

Oma Eske beginnt plötzlich laut zu lachen und sagt: »Ich habe mit dem Besenstiel gegen die Decke geklopft. Ihr habt mich mit eurem Krach so aus meinem Mittagsschlaf gerissen, dass ich ganz erschrocken aufgewacht bin. Aber da ihr euch auch so erschrocken habt, was ich nicht beabsichtigt habe, will ich nun auch nicht schimpfen.«

Oma Eske nimmt die Kinder liebevoll in den Arm und geht mit ihnen zum Teetrinken nach unten. Als sie in die Stube kommen, sitzt ihr Vater bereits am Tisch und begrüßt die Kinder und Oma Eske. Es ist noch ein lustiger Nachmittag, denn das Erlebte des ganzen Tages wird erzählt und die selbstgebastelten Schultüten werden dem Vater stolz gezeigt. Der Vater findet die Zuckertüten toll und muss über die Geschichte von Fritz Schultüte mit dem Hund herzhaft lachen. Die Zeit verfliegt wie im Fluge, als Oma Eske plötzlich zur Uhr sieht und erschrocken sagt: »Wenn ihr noch länger quatscht, werdet ihr zu spät im Kindergarten ankommen.«

Alle sehen zur Uhr und springen vom Tisch auf. »Jetzt wird es aber Zeit!«, sagt die Mutter. »Zieht euch schnell an, dann schaffen wir es noch pünktlich.«

Auch der Vater zieht sich an und sagt: »Ich werde die Ruck- und Schlafsäcke nehmen, dann können wir einen Schritt schneller laufen.«

Zügig ziehen sich alle an. Die Kinder wünschen ihrer Oma Eske noch eine gute Nacht und dann geht es im Laufschritt zum Kindergarten. „Klein Kluntje-Siel" ist ja nicht groß und somit ist man nach wenigen Minuten im Kindergarten angekommen. Die anderen Kinder und Herr Onnen stehen bereits in der Tür und Tammo ruft: »Wir dachten schon, dass ihr Angst habt, im Kindergarten zu schlafen und nicht kommt!«

»Wir und Angst!«, lacht Mattes. »Ein Jacobs fürchtet sich vor nichts!«

Mattes Papa denkt gerade grinsend an die Geschichte auf dem Dachboden heute Nachmittag und sagt leise zu Mattes: »Gib nicht so an Mattes, denke an Omas Klopfen heute.«

Mattes sieht seinen Papa etwas verlegen an und geht, ohne eine weitere Bemerkung zu machen, in den Kindergarten hinein. Hier verabschieden sich nun die Eltern von ihren Kindern und gehen nach Hause. Der kleine Fritz schaut etwas traurig hinter seinen Eltern her, aber Frau Eilers nimmt ihn schnell in den Arm und sagt: »Komm Fritz, wir zeigen den anderen Kindern, wo sie ihre Schlafsäcke ausbreiten können.«

Fritz sieht Frau Eilers lächelnd an und geht mit zum Seeigel-Raum. Auch die anderen Kinder schnappen sich ihren Schlafsack und folgen den beiden. Im Seeigel-Raum hat Herr Onnen alle Tische an die Wände geschoben und somit ist eine große Fläche für die Schlafsäcke entstanden. Sofort fangen die Kinder an zu tuscheln, wer neben wem liegen möchte. Es entsteht eine rege Diskussion. Geske meldet sich als erste und ruft frech grinsend: »Ich möchte nicht so dicht neben Mattes liegen, denn der schnarcht immer so laut!«

»Das stimmt doch gar nicht!«, antwortet Mattes ein bisschen eingeschnappt.

Aber mit der Hilfe von Frau Eilers wird schnell ein Liegeplan festgelegt. Die Kinder breiten ihre Schlafsäcke aus und legen die Schlafanzüge und Kuscheltiere darauf. Nun gehen alle in den Waschraum um sich die Hände zu waschen, denn im Seepferdchen-Raum haben Frau Eilers und Herr Onnen das Abendbrot bereits vorbereitet. Als alle Kinder am Tisch sitzen, wird zuerst der Tischspruch vom Seehund aufgesagt und dann gibt es Kartoffelsalat mit Würstchen, wie es sich die Kindergartenkinder gewünscht hatten. Beim Essen erzählen die Kinder, dass die Eltern ihre selbstgebauten Schultüten sehr schön fanden und wie sie ihre Sachen für die Übernachtung zusammengestellt haben.

»Herr Onnen?«, fragt Geske plötzlich. »Was bekommen wir denn heute Abend noch für Überraschungen von ihnen? Jetzt können sie es doch verraten.«

Herr Onnen und Frau Eilers sehen die Kinder verschwörerisch an und Herr Onnen antwortet: »Die werde ich jetzt doch noch nicht alle verraten. Aber wenn ihr versprecht, dass ihr heute Abend eure Zähne besonders gründlich putzt, dann erzähle ich Euch vielleicht die erste …

Die Kinder reißen ihre Arme hoch und rufen strahlend: »Das werden wir machen Herr Onnen! Das ist versprochen!«

Frau Eilers sieht in die begeisterten Gesichter der Kinder und sagt: »Ich habe für euch zum Nachtisch einen leckeren Schokoladenpudding gemacht und wer möchte, kann auch noch eine Vanillesoße dazu bekommen.«

»Juchhu!«, rufen die Kinder und obwohl alle durcheinander rufen, kann man heraus hören, dass alle auch eine Vanillesoße über ihren Pudding haben möchten. Herr Onnen verteilt die Puddingschalen und die Kinder und auch Lehrer essen genüsslich den Nachtisch.

Mattes sieht Frau Eilers mit seinem schokoverschmierten Mund an und sagt: »Frau Eilers, der Pudding schmeckt super, nur die Schale ist etwas zu klein.«

Alle beginnen laut zu lachen und Geske antwortet ihrem Bruder: »Es ist wie mit deiner Schultüte Mattes, du kannst deinen Hals nie voll genug bekommen. Wenn andere dir die Essensmenge nicht einteilen würden, hättest du bald einen dickeren Bauch als Papa.«

Mattes sieht seine Schwester mit einem verkniffenem Gesicht an und dann in die lachenden Gesichter der anderen und sagt: »Ich habe doch gar nicht gesagt, dass ich noch mehr haben will!«

Als Herr Onnen sich vom Lachen erholt hat sagt er: »Lasst uns jetzt den Tisch abräumen und dann zieht ihr eure Jacken und Schuhe an, es wird Zeit.«

Die Kinder sehen zuerst Herrn Onnen und dann Frau Eilers verblüfft an und Mattes fragt: »Ist unsere Feier schon vorbei? Müssen wir jetzt schon nach Hause?«

»Nein, Kinder«, lacht Herr Onnen. »Wir kommen jetzt zu der zweiten und größten Überraschung. Um neunzehn Uhr müssen wir an der Bushaltestelle stehen.«

Die Kinder sehen Herrn Onnen an und fragen: »Fahren wir mit dem Bus?«

»Wir fahren nicht mit dem Bus Kinder, wir bekommen Besuch. Mit dem Neunzehnuhrbus kommt Elke aus Emden. Ihr Wunsch war es, mit euch im Kindergarten zu übernachten.«

Vor Freude beginnen die Kinder zu hüpfen und zu schreien: »Elke kommt! Elke kommt!« Nun wird der Tisch schnell abgeräumt und die Jacken und die Schuhe angezogen. Die Lehrer und Kinder schnappen sich die Laufleine und ab geht es zur Bushaltestelle. So, wie die Kinder sich beeilt haben, kommen sie nun doch etwas zu früh an der Haltestelle an und müssen noch warten.

Mattes sieht die anderen Kinder frech grinsend an und sagt: »Sollen wir uns hinter der Bushaltestelle verstecken und Elke überraschen?«

»Das ist eine gute Idee!«, meint auch Herr Onnen und geht mit den Kindern hinter das gemauerte Wartehäuschen. »Wenn gleich der Bus kommt müsst ihr aber ganz leise sein, sonst hört Elke uns gleich.« Die Kinder verhalten sich nun ganz ruhig und sehen gespannt die Landstraße hoch in Richtung Emden, woher der Omnibus kommen muss.

Mattes sieht den Bus als erster und ruft: »Der Bus kommt! Ruhe!«

Der Bus hält direkt vor dem Wartehäuschen und öffnet seine Tür. Herr Buskohl, der in der Poststelle Emden zu tun hatte und Elke mit ihrer Gitarre und Rucksack steigen aus dem Bus aus. Kurz sehen sich die beiden um und dann sagt Herr Buskohl: »Elke, soll ich dich zum Kindergarten begleiten und deinen großen Rucksack tragen?«

»Das müssen sie nicht, Herr Buskohl, dass kleine Stück werde ich schon alleine schaffen.« Elke hatte gerade ausgesprochen, als sie beide erschrocken zusammen zucken. Die Kinder sind aus ihrem Versteck heraus gesprungen und rufen laut: »Hallo Elke! Wir wollen dich abholen!«

Die Kinder rennen auf Elke zu und umringen sie. Elke steht jetzt in einer Traube von Kindern und weiß gar nicht, wen sie zuerst begrüßen soll. »Hallo, ihr Lieben! Mit solch einem Empfang habe ich nicht gerechnet, es sollte doch eine Überraschung für euch werden.«

Mattes strahlt Elke an und sagt: »Jetzt haben wir aber dich überrascht.«

Als sich die Kinder beruhigt haben, nimmt Herr Onnen den Rucksack von Elke und sagt: »Jetzt schnappen wir uns alle die Laufleine und gehen zurück zum Kindergarten.«

»Herr Onnen?«, fragt Mattes, »bekommen wir im Kindergarten dann wieder eine Überraschung oder warum ist der Seestern-Raum abgeschlossen?«

Herr Onnen muss innerlich lachen und fragt Mattes: »Wann hast du das denn schon wieder bemerkt, dass der Seestern-Raum abgeschlossen ist?«

»Wenn man mit offenen Augen durch die Welt geht, Herr Onnen, dann fällt einem so etwas auf. Das habe ich von meinem Opa Klaas.«

Nun muss auch Elke lachen und sagt: »Ich fühle mich schon wieder wie in meinem Praktikum, ein lustiges Erlebnis nach dem anderen.«

Nach einem kurzen Spaziergang kommt die Gruppe beim Kindergarten an und die Kinder stürmen mit einem lauten Geschrei in den Flur. Sie ziehen ihre Schuhe und Jacken schnell aus und rennen zum Seestern-Raum, wo sie von der verschlossenen Tür gestoppt werden.

»Herr Onnen! Herr Onnen!«, rufen die Kinder aufgeregt über den Flur. »Die Tür vom Seestern-Raum ist noch abgeschlossen!«

»Bitte Ruhe, Kinder! Ich möchte euch, bevor wir in den Seestern-Raum gehen, noch etwas sagen: „Elke hat ihr Praktikum mit euch so viel Spaß gemacht, das sie den Wusch hatte, den heutigen Abend für euch zu gestalten.“ Da Frau Eilers und ich heute Abend auch als Gäste hier sind, wollten wir für Elke auch eine kleine Überraschung bereiten und darum darf Elke den Seestern-Raum aufschließen.«

»Juchhu!«, rufen die Kinder und machen Platz, damit Elke zur Tür durchkommen kann. Vorsichtig steckt Elke den Schlüssel in das Schloss und schließt die Tür auf. Da auch Elke gespannt ist, was sie hinter der Tür erwartet, öffnet sie die Tür ganz langsam. Die Kinder machen plötzlich große Augen und man hört ein langes „Ooohh" des Erstaunens. Frau Eilers und Herr Onnen hatten am Nachmittag den Seestern-Raum geschmückt. Auf dem Fußboden ist eine große Kuschelecke aus Turnmatten mit dicken Wolldecken und Kissen. An der Decke und den Wänden hängen viele buntleuchtende Laternen, Girlanden, Luftballons und Papierschlangen. Vor der Kuschelecke steht - wie für eine Märchentante - ein Schaukelstuhl, in dem eine weiße, kuschelige Decke liegt.

»Toll!«, ruft Mattes plötzlich so laut, das alle Kinder erschrocken zusammenzucken. »Die große Kuschelecke auf dem Fußboden gehört uns und den Lehrern, aber der Schaukelstuhl, der ist für Elke!«

»Ja!«, rufen die Kinder und stürmen die Kuschelecke. Auch Frau Eilers und Herr Onnen legen sich zwischen die Kinder und warten darauf, dass Elke sich in ihren Schaukelstuhl setzt. Elke ist immer noch erstaunt von der Überraschung und steht wie angewurzelt in der Tür. Da steht Mattes wieder auf, geht zu Elke und nimmt sie an die Hand: »Elke, darf ich dich zu deinem Stuhl führen, damit wir gleich anfangen können?«

»Ja!«, sagt Elke überrascht zu Mattes. »Ich komme schon!«

Alle müssen über Mattes und Elke lachen, als beide um die Kuschelecke herum zum Schaukelstuhl gehen. »Das ist für heute dein Thron, Elke«, lacht Mattes und wirft sich wieder in die Kissen. Elke ist immer noch verblüfft und es dauert eine Weile, bis sie sich wieder gefangen hat und sagt: »Liebe Kinder und Lehrer. Ich freue mich schon seit Tagen auf diesen Besuch bei euch, denn ich möchte mich gerne für die vier schönen Wochen Praktikum im April bei euch bedanken. Mein Klassenlehrer und auch meine Mitschüler aus Emden wollten mir die ganzen lustigen Geschichten mit euch nicht glauben. Sie meinten, dass ich wohl die beste und lustigste Praktikantenstelle der Klasse gehabt hätte. Viele meiner Mitschüler durften nur fegen, aufräumen oder kopieren. Sie waren richtig neidisch.«

Die Kinder beginnen zu klatschen und Mattes ruft: »Wir sind ja auch Kinder aus „Klein Kluntje-Siel" und nicht aus der Stadt!«

Alle beginnen nun laut zu lachen und als wieder etwas Ruhe eingetreten ist, sagt Elke: »Dass ihr etwas Besonderes seid, das habe ich schon im Praktikum erkannt. Eure Geschichten und Streiche, die Wattwanderung mit Opa Klaas und das Grillfest mit dem Wettkampf haben mich schon da begeistert. Darum möchte ich heute Abend mit euch singen, eine Geschichte vorlesen und Spiele machen.«

»Ja!«, rufen die Kinder begeistert. »Können wir zuerst ein Lied singen?«

»Das können wir machen«, lacht Elke und nimmt ihre Gitarre. »Wir müssen heute auch keine Katzenmusik hören, denn meine Gitarre habe ich schon zuhause gestimmt. Versuchen wir doch zuerst einmal das schöne Ostfriesenlied. Ich bin gespannt, ob ihr das auch noch könnt.«

Mattes grinst Elke an und sagt: »Heute singen wir aber im Sitzen und ohne Urlauber!«

Bevor aber mit dem Singen angefangen werden kann, müssen sich die Kinder zuerst wieder vom Lachen erholen. Elke spielt die ersten Takte auf der Gitarre und dann fangen alle mit dem Singen und Schunkeln an. Die Stimmung im Kindergarten steigt, denn Elke spielt weitere Lieder, die die Kinder bei Frau Eilers gelernt haben. Als wieder ein Lied beendet ist fragt Mattes: »Wer hat dir denn verraten, welche Liedertexte wir gelernt haben, Elke?«

»Ich habe oft mit Frau Eilers und Herrn Onnen telefoniert und darum weiß ich, welche Texte ihr könnt und dass hier heute eine Feier ist. Ich habe auch gehört, dass ihr eine Schultüte gebastelt habt und darum habe ich für jeden eine kleine Tüte mit Süßigkeiten für die Zuckertüte mitgebracht. Die ist aber nur für die Schultüte und nicht für heute Nacht gedacht!«

»Abends und Nachts schlickern wir nie, Elke«, lacht Mattes. »Der Karies der Zähne wird bei uns abends immer auf Diät gesetzt. Vor dem Zähneputzen essen wir abends höchstens noch einen Apfel oder eine Wurzel.«

Elke beginnt zu lachen und sagt: »Das soll ich dir glauben Mattes, wo du mich schon so oft auf den Arm genommen hast?«

»Siehst du, Mattes«, lacht Geske ihren Bruder frech an. »Auch Opa Klaas hat dir schon gesagt: „Wer einmal lügt, dem glaubt man nicht.“ Aber das mit dem Apfel und der Wurzel am Abend, das stimmt, Elke. Da passen meine Mama und Oma schon auf.«

»Das ist eine tolle und gesunde Idee«, lacht Elke. »Aber jetzt könnten wir ein oder zwei Spiele machen. Was würdet ihr denn gerne spielen?«

Sofort werden von den Kindern verschiedene Spiele durcheinander zugerufen und Elke ruft: »Stopp Kinder! Stopp! Ich verstehe so doch gar nichts. Wir fangen vorne links in der Kuschelecke mit Geske an und jeder schlägt dann der Reihe nach ein Spiel vor.«

Geske überlegt kurz und schlägt dann das Spiel Blindekuh vor. Es folgt von den anderen Kindern noch das Versteckspiel, Topfschlagen, Nachtwanderung, Brettspiele, Geschichten vorlesen und die Flüsterpost.

Elke überlegt kurz und sagt: »Für die Nachtwanderung ist es im Sommer zulange hell, aber die anderen Spiele sind alle toll. Doch leider haben wir keine Zeit um alle zu spielen. Ich werde nun die Spiele nacheinander aufsagen und ihr klatscht und schreit bei jedem Spielenamen. Die beiden Spiele, bei denen es am lautesten wird, werden wir spielen. Frau Eilers und Herr Onnen müssen jetzt genau zuhören und entscheiden, wobei es am lautesten wird.«

Nun zählt Elke die Spiele auf und die Kinder klatschen und schreien nach jedem Spielenamen. Als alle Spiele abgestimmt sind fragt Elke: »Welche zwei Spiele hatten die lauteste Zustimmung, Frau Eilers?«

Frau Eilers bespricht sich kurz mit Herrn Onnen und sagt dann: »Am lautesten war es mit Abstand beim Topfschlagen und der Geschichte vorlesen.«

»Ich hole den alten Kochtopf und den Holzlöffel aus der Küche!«, ruft Mattes. »Aber wer holt die Überraschungen?«, und schon rennt Mattes in die Küche.

Die Lehrer und Elke sehen sich fragend an und Herr Onnen zuckt mit den Schultern und sagt: »Was machen wir denn jetzt?«

Elke beginnt plötzlich zu grinsen und flüstert den Lehrern ins Ohr: »Ich habe doch die Überraschungstüten für die Schultüten mitgebracht. Die werden wir für jeden unter den Topf legen, so kann jeder gleich seine Tüte bekommen.«

Erleichtert sieht Frau Eilers Elke an und sagt leise: »Da haben wir ja noch einmal Glück gehabt. Wir haben alles gut geplant, aber an Süßigkeiten haben wir nicht gedacht.«

Nun mischt sich auch Herr Onnen leise in das Gespräch ein: »Wo wollen wir das Topfschlagen denn machen? Im Seeigel-Raum liegen die Schlafsäcke und hier im Seestern-Raum haben wir die große Kuschelecke aufgebaut.«

Elke macht den Lehrern einen Vorschlag: »Wir könnten es doch im Flur spielen, da steht nichts im Weg und schön lang ist er auch.« Die Lehrer sind begeistert und stimmen dem Vorschlag zu.

Die Kinder sehen die tuschelnden Erwachsenen immer noch fragend an, als Mattes mit dem Holzlöffel laut auf den Topf schlagend wieder ins Zimmer gerannt kommt: »Habt ihr die Überraschungen besorgt? Ich habe den Topf und den Holzlöffel!«

Elke lacht die Kinder an und sagt: »Ich werde jetzt die Überraschungen und eine Augenbinde holen und dann geht es los mit dem Topfschlagen. Ihr könnt schon festlegen, in welcher Reihenfolge geschlagen werden soll und dann kommt ihr alle in den Flur.«

Sofort fangen die Kinder an zu diskutieren und einvernehmlich wird schnell eine Reihenfolge festgelegt. Tomke's Vorschlag, dass es nach dem Alter gehen soll, wird von allen Kindern zugestimmt. Zuerst werden Enno die Augen verbunden. Er setzt sich auf die Knie und kriecht sofort mit dem Holzlöffel um sich schlagend durch den Flur. Elke legt schnell eine Tüte mit Süßigkeiten auf den Fußboden und stülpt den Topf leise darüber. Da der kleine Enno in die falsche Richtung kriecht, rufen alle Kinder laut: »Kalt, Enno! Ganz kalt, Enno!« Enno reagiert auf die Zurufe der Kinder und ändert seine Richtung. Nun kriecht er in die Richtung des Topfes und die Kinder rufen: »Warm, Enno! Es wird immer wärmer!« Als Enno nun mit dem Holzlöffel auf den Topf schlägt gibt es ein lautes, knallendes Geräusch, dass durch den langen Flur noch verstärkt wird. Enno zuckt erschrocken zusammen und die anderen Kinder rufen: »Du hast den Topf gefunden und darfst jetzt die Augenbinde abnehmen!«

Enno setzt sich auf den Hosenboden und nimmt die Augenbinde ab. Zuerst sieht er einmal in die Runde, um zu sehen, wo er ganz hin gekrochen ist. Dann nimmt er den Topf hoch, hält begeistert die Tüte mit Süßigkeiten in die Luft und ruft: »Hurra, ich habe die Überraschung gefunden! Wer bekommt jetzt die Augenbinde?«

Elke nimmt Enno die Augenbinde ab und so darf jetzt ein Kind nach dem anderen, mit verbundenen Augen und dem Holzlöffel, den Topf mit der Überraschung finden. Als alle Kinder mit dem Spiel fertig sind, geht die Gruppe wieder in den Seestern-Raum und kuschelt sich in die Kissen.

Mattes sieht Elke verwundert an: »Elke, du darfst jetzt noch nicht in die Kuschelecke! Du musst dich in den Schaukelstuhl setzen und uns eine Geschichte vorlesen. So machen wir das auch bei unserer Oma Eske. Unsere Oma sitzt in ihrem Sessel und Geske und ich liegen dann auf dem Fußboden davor und hören ihr zu.«

Elke kichert und sagt: »Aber ich bin doch keine Oma, ich kann auch im Liegen lesen.«

Die Kinder müssen lachen, aber Mattes schüttelt mit dem Kopf: »Aber Elke! Beim Singen mussten wir auch stehen, damit es besser klingt und eine Märchentante sitzt immer in einem Sessel.«

Nun fallen alle in lautes Gelächter ein und Elke sagt: »Mattes, wo du recht hast, hast du recht. Ich setze mich jetzt gemütlich in den Schaukelstuhl und werde euch die Geschichte von einem Lausbuben aus meiner Heimat Hessen vorlesen.« Als Elke sich in den Schaukelstuhl setzt und das Buch aufschlägt, wird es schlagartig ruhig im Seestern-Raum. Die Kinder und auch die Lehrer hören Elke gespannt zu und müssen häufig über die lustige Geschichte lachen. Herr Onnen muss innerlich schmunzeln und denkt bei sich: „Solche Lausbuben wie Mattes scheint es doch auch noch woanders zu geben und nicht nur bei uns in Klein Kluntje-Siel".

Als Elke am Ende der Geschichte das Buch gefühlvoll schließt, fangen die Kinder begeistert an zu klatschen und bedanken sich bei Elke für die schöne, lustige Geschichte. Elke sitzt nun erleichtert und zurückgelehnt in ihrem Schaukelstuhl: »Ihr seid tolle Zuhörer und ich hoffe, die richtige Geschichte für euch ausgesucht zu haben. Wollt ihr noch eine Kurzgeschichte hören?«

Doch bevor die Kinder antworten können, mischt Frau Eilers sich ein: »Wir haben jetzt eine so schöne Geschichte gehört und ich würde vorschlagen, dass wir uns nach diesem anstrengenden Tag für die Nacht fertig machen. Es ist schon spät und wir sollten uns jetzt waschen und die Zähne putzen. Elke kann euch, wenn ihr in eurem Schlafsack liegt, noch eine Gutenachtgeschichte erzählen.«

Die Kinder sind nach dem langen Tag müde und gehen ohne zu murren in den Waschraum, um sich für die Nacht fertig zu machen. Als alle Kinder in ihrem Schlafsack stecken, erzählt Elke den Kindern noch eine Gutenachtgeschichte und gibt jedem danach noch einen Gutenachtkuss auf die Stirn. Elke will gerade das Licht ausmachen, als die Kinder ihr noch ein lautes: »Gute Nacht, Elke!«, nachrufen. Elke geht gerührt aus dem Raum und wünscht den Kindern noch einen schönen Traum.

Als auch Elke sich für die Nacht fertig gemacht hat, geht sie noch einmal zu den Kindern um nachzusehen, ob auch alle schlafen. Sie öffnet vorsichtig die angelehnte Tür und sieht in die Runde. Alles ist schön ruhig und die Kinder schlafen. Aber da bemerkt sie Mattes, der mit offenen Augen an die Decke starrt. Elke schleicht zu Mattes und fragt ihn leise: »Was ist mit dir, Mattes? Kannst du nicht schlafen?«

Mattes sieht Elke traurig an und flüstert: »Ich habe meinen Teddy Wuschel nicht dabei und nun kann ich nicht einschlafen. Ich vermisse ihn so.«

»Hast du deinen Teddy denn vergessen, Mattes?«

»Nein«, flüstert Mattes Elke leise ins Ohr, damit die anderen Kinder ihn nicht hören. »Ich dachte, die anderen Kinder würden mich auslachen, wenn ich meinen Teddy Wuschel mitbringe. Alle haben ihr Kuscheltier mitgebracht, nur ich meinte dafür zu groß zu sein.«

»Sei nicht traurig, Mattes. Wie bist du denn auf den Namen Wuschel für deinen Teddy gekommen?«

»Elke, ich wollte ihn zuerst Klaas, nach meinem Opa benennen. Aber der wäre bestimmt sauer gewesen, mit einem Teddy verglichen zu werden und so bin ich auf Wuschel gekommen.«

Elke fängt leise an zu lachen: »Ich wollte meinen Teddy auch nach meinem Opa Friedrich benennen, aber da ich das gleiche gedacht habe wie du, habe ich aus Friedrich einfach Freddy gemacht. Soll ich dir meinen Teddy Freddy für heute borgen?«

Mattes sieht Elke erstaunt an: »Hast du als großes Mädchen auch noch einen Teddy mit?«

Elke strahlt Mattes an und flüstert: »Ich habe meinen Freddy jede Nacht dabei und werde ihn dir schnell holen.«

Als Elke mit dem Teddy wiederkommt ist Mattes begeistert, drückt Freddy gleich an sich und seufzt: »Danke, Elke. Jetzt kann ich bestimmt gut schlafen.«

»Gute Nacht, Mattes«, flüstert Elke und geht leise aus dem Raum. Die Nacht im Kindergarten verläuft ruhig, denn die Kinder schlafen nach dem aufregenden Tag tief und fest.

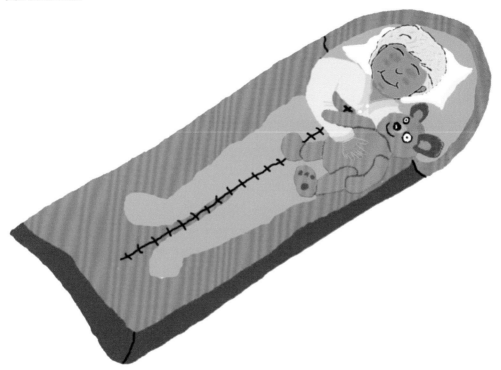

Am anderen Morgen sind zuerst die Lehrer und Elke wach und bereiten das Frühstück vor. Als der Tisch gedeckt ist, bekommt Elke von Frau Eilers die Aufgabe, die Kinder zu wecken. Elke geht zum Seeigel-Raum, öffnet leise die Tür und ruft sanft in den Raum: »Guten Morgen. Aufstehen Kinder, das Frühstück steht auf dem Tisch. Macht euch bitte fertig.«

141

Langsam beginnen sich die Schlafsäcke zu bewegen und die ersten Kinderarme strecken sich aus den Decken heraus. Hier und da hört man ein herzhaftes Gähnen und schon stehen die ersten Kinder auf. Als alle Kinder sich angezogen haben, kommen sie in den Seepferdchen-Raum und rufen laut: »Guten Morgen!«.

Nachdem alle am Tisch sitzen wird der Tischspruch vom Seehund aufgesagt und dann beginnt das gemütliche Frühstück. Die Kinder erzählen noch einmal von dem lustigen, schönen Tag, den sie hier gestern erlebt haben. An ihren strahlenden Augen kann man erkennen, dass es ihnen sehr viel Spaß gemacht haben muss.

Die Kinder sitzen noch am Frühstückstisch, als die ersten Eltern bereits ihre Kinder abholen wollen. Herr Onnen kann sich eine Bemerkung nicht verkneifen und meint: »Von den Kindern hat keines Heimweh gehabt, aber bei den Eltern scheint es anders zu sein.«

Die Eltern sehen sich zuerst fragend an, müssen dann aber lachen und eine Mutter sagt etwas traurig: »Ich habe die ganze Nacht nicht geschlafen und mein Kind vermisst.«

»Gut, dass wir schon so groß sind«, lacht Mattes, »und unsere Eltern noch so klein. Die können ohne uns nicht schlafen. Sie hätten ja zur Abwechslung ein Kuscheltier nehmen können.«

Alle müssen über Mattes Bemerkung lachen und einige Mütter bekommen sogar einen roten Kopf vor Verlegenheit.

»Da die ersten Eltern schon da sind«, lacht Herr Onnen, »können wir uns die Arbeiten des Aufräumens jetzt ja teilen. Die Kinder und wir räumen den Seestern-Raum auf und die anwesenden Eltern die anderen Räume.«

Dieser Vorschlag wird von allen angenommen und schon verteilen sich die Eltern auf die anderen Räume. Auch Mattes rennt plötzlich davon und Herr Onnen ruft ihm hinterher: »Mattes! Du musst uns helfen und nicht den Eltern!«

Mattes tut aber so, als ob er Herrn Onnen nicht hört und rennt weiter. Nach einer kurzen Zeit kommt Mattes wieder und sagt: »Ich musste nur schnell etwas erledigen und werde euch jetzt beim Aufräumen helfen.«

Langsam arbeitet sich Mattes beim Aufräumen zu Elke vor und flüstert ihr ins Ohr: »Danke Elke. Ich habe dir Freddy auf deinen Rucksack gelegt, bevor jemand bemerkt, dass ich ihn gehabt habe.«

Elke muss innerlich schmunzeln und streicht Mattes über den Kopf. Langsam beugt Elke sich zu Mattes herunter und flüstert: »Das habe ich gerne getan, Mattes.«

Als alle Räume wieder sauber und aufgeräumt sind, beginnt der große Abschied in die Ferien. »Liebe Kinder und Eltern!«, ruft Herr Onnen plötzlich. »Wieder geht ein Kindergartenjahr zu Ende und vier Kinder werden uns verlassen, um nach den Ferien in die Schule zu gehen. Wir hatten eine super Abschiedsfeier, die Elke gestaltet und durchgeführt hat. Dafür Elke, einen herzlichen Dank!«

Die Eltern beginnen zu klatschen und die Kinder rufen: »Danke Elke! Die Abschiedsfeier war spitze!«

Frau Eilers nimmt die gerührte Elke in den Arm und Herr Onnen meint: »In diesem Kindergartenjahr haben wir viele tolle Geschichten erlebt und Erfahrungen gesammelt. Ich denke da an unseren Deichbau mit anschließender Sturmflut, eine lustige Wattwanderung, eine sehr aktive Schülerpraktikantin, eine Streitschlichtung durch ein Ostfriesenabitur und noch viele andere Erlebnisse. Wir haben uns etwas Erholung verdient und darum wünsche ich uns allen schöne, erholsame Ferien und unseren vier Schulanfängern nach den Ferien eine erfolgreiche Schulzeit. Ich hoffe, euch nach den Ferien alle gesund wiederzusehen.«

Herr Onnen bekommt von allen einen herzlichen Applaus und die Kindergartenkinder verabschieden sich noch von ihren Lehrern und drücken Elke zum Abschied. Jetzt können die Sommerferien endlich beginnen. Ein lautes „Tschüs" hallt durch den Kindergarten und die Kinder hüpfen schreiend vor Freude in die Sommerferien.

„Tschüs!"

Das Ostfriesenlied

Wir sind Ostfriesenkinder
und haben frohen Mut.
Wir wohnen an den Deichen,
wo Ebbe ist und Flut.
Wir lieben keinen Bubikopf
und keinen Lippenstift;
das ist nichts für Ostfriesen,
ach nein, ach nein, ach nein.
Goldblondes Haar und treublaue Augen,
so soll mein Mädel sein, ostfriesischer Maid.

Kam einst ein fremder Jüngling
wohl an des Meeres Strand,
der wollte gleich behaupten,
hier sei das schönste Land.
Hier möcht´ ich ewig leben,
hier möcht´ ich ewig sein,
dort, wo die weißen Möwen zieh´n,
ach nein, ach nein, ach nein.
Goldblondes Haar und treublaue Augen,
so soll mein Mädel sein, ostfriesischer Maid.

(Texter / Autor mir leider unbekannt)

Der Tante-Emma-Laden

In einem Tante-Emma-Laden,
steht eine Frau mit dicken Waden.
Sie steht hier so manche Stunde,
da kommt auch schon der nächste Kunde.
Haben sie Gardinenschlaufen?
Bei uns, da kann man alles kaufen.

Gerade war hier noch Frau Meier,
ihr fehlten fürs Backen noch zehn Eier.
Auch das Rezept hatte sie verliehen,
es wurde ihr schnell ein neues aufgeschrieben.
Jetzt wird das Backen gut verlaufen.
Bei uns, da kann man alles kaufen.

Herr Otto wollte einen Brief versenden,
er sollte gehen an seine Bank in Emden.
Doch er hatte keine Briefmarken mehr
und darum kam er zu uns schnell her.
„Haben sie Briefmarken?", sprach er noch beim Schnaufen.
Bei uns, da kann man alles kaufen.

Zwei Schüler sind streitend in den Laden gekommen,
„Paul hat meine Bastelschere genommen."
„Ich habe deine Schere nicht", Paul wurde verlegen,
„wollen wir unser Taschengeld zusammenlegen?"
Als Freunde müsst ihr euch nicht raufen.
Bei uns, da kann man alles kaufen.

Ein Lehrer kommt als nächster Kunde,
ich gebrauche Material für meine Bastelstunde.
Ich hätte gerne Leisten, Kordel und Papier,
wir wollen einen Drachen bauen, wie ein Tier.
Ich kann ihnen ein Bastelbuch empfehlen, dort von dem Haufen.
Bei uns, da kann man alles kaufen.

Frerich Fleßner

Der Frühstücksspruch

Ein kleiner Seehund schwimmt durchs Meer,
wo bekomme ich nur Fische her?
Zum Frühstücken bin ich gekommen,
aber wo ist der Hering hingeschwommen?
Ich glaube, den Hering kann ich vergessen,
werde dann heute nur Algen essen.

Guten Appetit!

Frerich Fleßner

Unsere Praktikantin Elke

Elke konnte es nicht erwarten,
sie wollte zu uns in den Kindergarten.
Ein kleiner Ort am Deich sollte es sein,
so stieg sie in den Bus schnell ein.
Er sollte sie bringen an ihr Ziel,
welches hieß „Klein Kluntje-Siel".
Im Kindergarten „Lüttje Lüü" ist sie dann angekommen
und wurde von uns lieb aufgenommen.
Wir haben mit ihr gespielt und gelesen,
doch das Schönste ist gewesen,
unsere Praktikantin konnte Gitarre spielen
und das gefiel von uns sehr vielen.

In unserem „Klein Kluntje-Siel",
hörte man auf dem Deich ein Gitarrenspiel.
Eine Praktikantin mit ihren Kindern,
wollte hier nicht überwintern.
Das Ostfriesenlied wurde gesungen
und das hat so schön geklungen.
Selbst die Feriengäste gaben Applaus
und zum Dank ein Eis dann aus.
Elke, du sollst nach deinen Zielen streben,
erfülle deinen Traum mit Leben.
Dies meint auch unsere Lehrerin,
werde Kindergärtnerin.

Frerich Fleßner